光文社文庫

長編時代小説

浪人半九郎
父子十手捕物日記

鈴木英治

KOBUNSHA

光 文

目次

浪人半九郎　父子十手捕物日記

第一章　八坂の塔

一

青が消え、黒に変わった。

風が動き、南の空に煌々《こうこう》と輝いていた月が雲に隠れたのである。

波の音が、夜のしじまに小さなひびを入れている。

松林を越えて海から流れてきた霧が雑木林にぶつかって行き場をなくし、垂れ幕のように街道にわだかまっている。風に吹かれてちぎれた霧が樹間に吸いこまれ、別の霧が丸みを帯びた梢《こずえ》の上にふわふわとのしかかってゆく。

急な風に、雑木林にひそんでいた猿が目覚めたのか、枝がきしむような音が続けざまにし、かすかなざわめきがさざ波のように広がった。

すぐに風に慣れたのか、猿たちは静かになった。小猿は母猿の腕に抱かれ、再び眠りに落ちたのだろう。

潮が満ちはじめているのか、潮の香りが濃くなってゆく。

松葉が風に巻かれ、砂塵《さじん》とともに街道を転がっていった。からからという音だけが、しばらくのあいだ闇《やみ》に残った。

東海道《とうかいどう》には人っ子一人いない。街道からは松林に邪魔されて海を望むことはできないが、そこには暗さが広がっているだけで、灯《あか》りをつけて網を引いている漁《いさ》り船は一艘《そう》たりとも浮いていない。

不意に、街道に頼りなげな光が揺れた。提灯《ちょうちん》だ。夜にわずかな穴をあけて、その灯りが近づいてきた。

腰に提灯をぶら下げ、手っ甲、脚絆《きゃはん》に道中合羽《どうちゅうがっぱ》という出《い》で立《た》ちの男が、やや濃くなりだした霧を突き破るように夜道を急いでいた。払いきれない霧が、いつまでも道中合羽にまとわりついている。

ひときわ強い風が吹き渡り、月から雲がはがれていった。月は左側のふくらみがわずかに足りないが、満月といって差し支えない形をしている。

煌々とした明かりが降り注ぎ、また青が地上を支配した。

大気は澄み、月明かりはまばゆいほどだ。荷車《にぐるま》などの轍《わだち》や、路上に転がる小石まで見分けることができる。もともと公儀《こうぎ》によってよく整備された街道だが、足元にさほど気を配らずとも歩を進められるのは、夜を徹して歩く者にとって、ありがたいことこの上ないだろう。

提灯などほとんど必要のないこの明るさに勇気づけられ、この旅人は物騒な夜道をひたすら歩いている。

徳川家康《とくがわいえやす》が江戸《えど》に幕府をひらいてから二百四十年近くたち、戦《いくさ》のない泰平の世が長く続いて犯罪は減ったとはいっても、夜盗や山賊の類《たぐい》の跳梁《ちょうりょう》はいまだに途絶えることはない。

刻限は深夜の九つすぎ。どこかで犬が吠《ほ》えはじめた。あと半里ほどで品川《しながわ》の宿である。宿場で飼われている犬かもしれなかった。

吠え声が、静寂の壁をあっけなく突き崩す。背中をどやされたように旅人がびくりとする。犬のいる場所は遠いが、風に乗った鳴き声は意外に近くにきこえたりするものだ。

風が吹き渡り、松林がさわさわと軽やかな音を立てた。雑木林の梢もこすれ合い、こちらは旅人の背筋を震わせるようなきしんだ音を発した。

犬がぴたりと鳴きやんだ。それを合図にしたかのように風がとまる。

不意の静寂に包みこまれ、旅人はさらに落ち着かなげに背後を見る。

かたわらの雑木林で、猿が旅人を脅すような声を発した。

背中を押されたように旅人があわてて足を速める。

この旅人が夜道を行くのは、今宵《こよい》が初めてではない。奉公している大坂《おおさか》の店に、故郷の江戸から母の危篤の報が届き、夜に日を継いで歩いてきたのだ。

江戸に向かって大坂を発《た》って、夜道はこれが四度目だ。

ふつうなら半月近くかかる道のりを、十日ばかりで歩き通してきた。

あと少しで江戸に着く。

おっかさんは大丈夫だろうか。それればかり考えてきた。

もともと丈夫なたちではない。大坂の店に修業の意味で奉公に行くことが決まったときも、母親のことが気になり、ためらっていた。大坂行きへの迷いを断ち切ってくれたのも、母親である。

一刻も早く無事な顔を見たい。抱き締めたい。

心ははやるばかりだが、ここまで気持ちがびくついて落ち着かない夜道というのは初めてだ。

それというのも、いつしか、うしろから誰《だれ》かに追われているような心持ちになっているからだ。

ひたひたと背後から足音が迫ってくるような気がしてならない。

思い切って振り向いてみる。

だが、人影などどこにもない。青い月光が降り注ぎ、濃淡はあるものの道や林を一色に染めているだけだ。

猿にからかわれているだけなのか。それとも、狐《きつね》がばかそうとしているのだろうか。あるいは魑魅魍魎《ちみもうりょう》の類がそばにいるのか。

なんでもない、気のせいだろう。自らにいいきかせて、旅人は前を向き、足を必死に動かした。

いつからか汗が全身に噴きだしている。合羽を脱ぎたくて仕方ない。だが、そのために立ちどまるのが怖い。何者かに追いつかれるのではないか。

また足音が耳を打った。

振り返る。はっと体がこわばった。今度は紛《まぎ》れもなく影が迫っていた。

それも一つではなかった。少なくとも三つの影が視野に入っていた。

いや、ちがう。やはり一つだ。

動きが速すぎて、まるで三人いるかのように見えたにすぎない。

羽を広げる鷲《わし》に襲いかかられた子兎《こうさぎ》のように、旅人はなすすべもなく立ちすくむしかなかった。

頭がうずく。

鈍い痛みが首筋のほうから這《は》いあがってきている。

うめき声が耳に届いた。

それが自分の発したものであると気づいたのは、数瞬後のことだ。

目をあけた。

闇に包まれている。だが、ずっと眠っていたのか、すでに目は慣れている。

いや、眠っていたわけではない。気絶させられたのだ。

最後に目にしたのは、躍《おど》りかかってくる黒い影だ。

うしろに逃れようとしたが、縄できつく縛りあげられたかのように体がまったく動かなかった。

首筋に鈍い痛みがあったかと思ったら、景色がぐらりと揺れた。

気づいたら、ここに寝かされていたのだ。背中が接しているのは畳《たたみ》だ。

天井《てんじょう》が見えている。誰かが背伸びでもしたのか、いくつもの手のひらの跡がべたべたとついている。

上体を起こそうとした。だが、身動きが自由にならない。

縛《いまし》めをされていた。足首と手首に厚手の縄が巻かれている。綱といっていいような代物だ。

手を口に近づけ、嚙《か》み切ろうとしてみたが、まったく歯が立たない。歯の跡すらつかなかった。

息を吸う。少しは気持ちが落ち着いたような気がする。

しかし、襲いかかってきた者はいったい何者なのか。

こんなところに押しこめてどうするつもりなのか。

生かしてあるということは、かどわかしただけで、殺す気はないということか。いずれ殺すつもりでいるのか。

だが、なんのためにかどわかしたりしたのか。

身《み》の代《しろ》を得るためか。それならば、お笑いぐさだ。

実家はなにしろ貧乏なのだ。それだからこそ、早めに奉公にだされたのである。

それとも、主家から金を取ろうというのか。

いや、それも考えにくい。自分のような若い手代《てだい》一人をかどわかして金を取れるなど、あり得ない。なにしろ、主家は番頭が十人を超えるという大店《おおだな》なのだ。

こうして寝かされているということは、いずれなんらかの説明があるのではないか。

今はそれを待つしかない。

ここはどこなのか。

気持ちを落ち着けて、あらためて見まわしてみた。

四畳半ほどの広さの部屋だ。三方が壁で、右手は襖《ふすま》になっている。

丸太のようにごろりと転がって、襖に近寄ってみた。

上体をなんとか起こして襖の引手に口をあてがい、横に引いてみた。

音もなく襖が滑ってゆく。

まさかこんなにたやすく襖があくとは考えていなかった。

敷居の先には、同じような部屋があるだけだ。

そうではない。動く影がある。壁にもたれて座っていた。

「誰だ」

いきなりしわがれ声に問われて、心の臓がはねあがった。

「そっちこそ誰だ」

その声に応ずるように影が近づいてきた。どきりとしたが、ずいぶんと動きが鈍い。のそのそと畳の上を動く音がする。自分と同じように両手両足に縛めをされていた。

影は顔を寄せ、しげしげと見つめてきた。しわ深い顔が眼前にある。

「おまえさん、かどわかされたのか」

ごくりと息をのんだ。声がすぐには出なかった。

「わしも同じじゃ。おとといの夜、陽気に誘われて散策に出たら、いきなり襲われた。気を失い、気づいたらここにいた」

「それなら手前も同じです」

どういうふうに襲われたか、口から泡を飛ばして説明する。

「うむ、おまえさんは昨夜、襲われたんじゃな。一刻《いっこく》ばかり前にここに連れてこられた」

あれから、まだほんの一刻しかたっていないのか。

「ここはどこなのです」

年寄りが力なく首を振る。顎《あご》の下のしわがわずかに濃くなったように見えた。

「わしにもわからん」

年寄りが首をうしろに向け、左側の襖を指さす。

「あの先にもいくつか部屋がある。今のところ、おまえさんを含め、全部で八人の男が押しこめられておる。わしらと同じようにかどわかされた者ばかりじゃ」

息がとまるほど驚いた。しかも、八人すべてかどわかされたというのは、どういうことなのか。

年寄りが軽く息をつき、伸びた貧相なひげをさする。

「一番古い者は、もう半月ばかり前にここに連れてこられたそうじゃ。わしやおまえさんと同じように、夜、一人でいるところをかどわかされた者ばかりじゃ」

「いったい誰がなんのためにこんな真似《まね》を」

眉尻《まゆじり》を下げ、年寄りが申しわけなさそうな顔になる。

「そいつは、わしのほうがききたいことじゃよ。他の六人も、知っている者は一人としておらんかった」

二

よっこらしょ。

竹刀《しない》で突き刺して団子にしている剣道着の入った風呂敷《ふろしき》包みを、御牧文之介《みまきふみのすけ》は肩を動かして持ち直した。

文之介は南町奉行所《みなみまちぶぎょうしょ》の定町廻り《じょうまちまわ》同心《どうしん》を拝命しているが、今日は非番で、幼い頃から通っていた剣術道場に久方ぶりに顔をだしてきた。やはり汗を流すのはいいことで、気分がすっきりしている。

五人の門人と対戦し、すべて勝利をおさめたことも、気持ちを晴れやかにさせていた。歳《とし》が十五から十八までという若い門人たちだから、自信を持ってもらうためにも一本くらい勝ちを譲ってやってもよかったが、甘やかすのはやはりよくないと、文之介は本気をだしたのである。

もしや明日にでもあるかもしれない捕物のために、体をなまらせるわけにもいかず、思い切り竹刀を振るってきた。

数年前のもっと熱心に道場へ通っていたときに師範《しはん》から、一瞬のひらめきは天才といえるものがあるのう、と感嘆されただけのことはあり、若い門人たちとはかなりの腕の差があったとはいえ、道場から遠ざかった今も自分の腕前がさして落ちていないことに安堵《あんど》できた。

もちろん、若い者たちを相手に、いきなり本気をだしたわけではない。自分の調子をみるためにも最初はそうと知られない程度に手加減した。

ただ、熱意をもって毎日稽古《けいこ》に励んでいる者たちの竹刀のあまりの速さに驚かされ、手加減などしている場合ではないと思ったりもした。

だが、それは単に体があたたまっていないからにすぎなかった。目が慣れるにしたがって、文之介はすぐさま以前の感じを取り戻し、若い門人たちを次々に退けていったのである。

今日は、新妻のお春《はる》の心尽くしの朝餉《あさげ》を食してから、道場に出かけた。道場には、五つどきから二刻近くいた。

もうじき昼で、つややかに輝く頭上の太陽は暑いくらいの陽射《ひざ》しを送ってくる。行く手には逃げ水が揺れ、町屋の屋根からはゆらゆらと陽炎《かげろう》が立ちのぼっている。

文之介は、また肩の風呂敷包みを持ち直した。ちらりと振り返る。

団子でもお春に買っていってやろうかな。

文之介は鼻をくんくんとうごめかせた。ちょうど、醬油《しょうゆ》が甘く焦げるにおいが漂《ただよ》っている。目の前に、店先から煙をあげている団子屋があった。

今日は気分がよかったので、愛《いと》しの新妻が屋敷で待っているといっても、文之介は少し遠まわりをしている。

こんなところに団子屋があるなど、初めて知った。

お春は甘いみたらし団子が大好きだ。砂糖が高価なだけに、江戸では醤油だけで味つけしたしょっぱい団子が珍しくないが、においからして、煙を吐き続けている店は砂糖をふんだんに使っている様子だ。

店先に立ち、のぞきこむと、大皿にどっさりとのせられた団子が見えた。一本の串に四つの団子がついている。こくのありそうなたれがたっぷりと絡みついており、濃い黄金色にてかっていた。

よだれが出そうになり、文之介はあわてて口元を手の甲でぬぐった。

そういえば、上方《かみがた》の串団子は串に五つときいたような覚えがあるが、本当だろうか。

「一本、くれるかい」

文之介は、次々に団子を網の上で焼いているばあさんに声をかけた。とりあえず味見をしてからだ。だが、ばあさんの手際を見ている限り、これは絶品だろうという思いを打ち消せなくなっている。

「はい、ありがとうございます」

ばあさんがしわを深めて頭を下げる。焼きあがったばかりの団子を小瓶《こがめ》に入ったたれにどっぷりとつけ、網の上にのせる。醬油と砂糖の焦げる香ばしいにおいがしてきた団子を手ばやく取りあげ、どうぞ、と文之介に差しだしてきた。

ありがとう、と文之介は受け取った。一本四文《もん》、と記した細長い紙が店先にぶら下げてある。

文之介は懐《ふところ》の財布から小銭を取りだそうとした。

「いえ、お代はけっこうにございますよ。八丁堀《はっちょうぼり》の旦那《だんな》には、とてもお世話になっていますからね」

「ばあさん、俺が町方《まちかた》の者だって、わかるのか」

ここは自分の縄張《なわばり》ではない。受け持っているのは深川《ふかがわ》や本所《ほんじょ》である。

文之介は、自分の着物を見おろした。今日は着慣れた黒羽織《くろばおり》ではない。着流《きなが》し姿というのはふだん通りだが、身につけているのは紺《こん》の唐桟縞《とうざんじま》の小袖《こそで》である。一本差《いっぽんざし》というのもいつもと変わらないが、なりだけ見れば、浪人者だといっても通るのではないか。

「ええ、それはもう」

ここは町奉行所の組屋敷《くみやしき》がある八丁堀が近いから、目の前のばあさんはどこかで自分の姿を見かけたことがあるのかもしれない。

「そういうわけにはいかねえよ」

文之介はやや強い口調でいった。

「代を払わなきゃ、たかりみたいになっちまうじゃねえか」

「そんなたかりだなんて」

ばあさんがにこやかに笑う。そうすると、品のよさがあらわれてきた。

「旦那がそんなことをするようなお人柄でないのは、よくわかっておりますよ」

文之介は、煙の向こう側で穏やかに笑んでいるばあさんをまじまじと見た。

「あれ、ばあさん、どこかで会ったこと、ねえか」

文之介は気づいて声をあげた。ばあさんがにっこりする。

「思いだしていただけましたか」

ただ、どこか陰がぬぐい去れないような笑い方だ。

なにか気がかり、心配ごとがあるのか。

「この店に来るのは俺は初めてだが、さて、どこで会ったんだったかな」

文之介は首をひねった。ばあさんは、にこにこと笑い続けている。

思いだす手助けになれれば、と文之介は手にしている団子にかぶりついた。

まわりはぱりぱりで、なかがしっとりとしている団子と、甘くてこくのある醬油とが実によく合っている。口中に旨《うま》みが広がり、幸せな気分に包まれる。

文之介は、団子を串からあっという間に胃の腑《ふ》に移した。

「こいつはうめえ」

賞賛の声をあげる。

「それはようございました」

ばあさんが竹串を受け取ろうと手を伸ばす。すまねえな、と文之介は手渡した。

「さて、どこでばあさんに会ったか、だったな」

文之介はかたく腕組みし、ばあさんをじっと見た。

すぐに脳裏に光が走り、光景がまざまざと映しだされた。

「ああ、思いだしたぞ」

ぽんと拳《こぶし》と手のひらを打ち合わせた。

「あのときのばあさんか」

一月ばかり前のことだ。なにごともなく町廻りを終え、文之介は深川から町奉行所に戻ろうと、中間《ちゆうげん》の勇七《ゆうしち》とともに、熟し柿《がき》のような色をした夕日に照らされている永代《えいたい》橋《ばし》を渡っていた。

長さ百九間《けん》とも百十間ともいわれる橋のほぼまんなかに、欄干《らんかん》を両手できつく握り、目をぎゅっとつぶって、流れに顔を向けているばあさんがいた。なにか考え事をしているように見えた。

「あのばあさん、まさか身投げを思案しているんじゃねえだろうな」

文之介はうしろにつく勇七に話しかけた。

えっ、と勇七が首を伸ばして、ばあさんを見つめる。

「旦那には、そういうふうに見えるんですかい。なにか考えこんでいるのはまちがいないようですけど」

文之介はかぶりを振った。

「いや、考え事じゃねえな。あの、ばあさん、苦しがっているんじゃねえのか」

「病ってことですかい」

「かもしれねえ」

しかし、橋を行きかう者たちはまったく気づかないそぶりで、ばあさんのそばを行きすぎている。

文之介は小走りに近づき、ばあさんに声をかけた。

「おい、ばあさん、どうかしたんじゃねえのか」

ばあさんはその声が耳に届かないように、うなだれて黙している。

文之介はそっと肩に触れた。

「声をだすのもきついのか。だったら、うなずくだけでいいぞ。苦しいのか」

ばあさんがかすかに顎を上下に動かす。

「持病でもあるのか」

かぶりを振る。

「さしこみか」

首が縦に動いた。

「歩けるか」

首が横に振られる。

「うちは近くか」

小さくうなずいた。

「おぶされ」

文之介はときを移さずにしゃがみこみ、背中を見せた。

ちらりと目をあけたばあさんが、文之介を八丁堀の同心と認めて、あっと声をあげた。ためらいを見せる。

「遠慮はいらねえ」

文之介は手を鳥の翼のように振って、うながした。

「旦那、あっしがおぶいますよ」

勇七が申し出る。

「いいんだ」

文之介はにこりとした。

「俺が背負う。背負いたいんだ」

さいですかい、といって勇七が笑みを浮かべて引き下がる。

「動けるか」

文之介はばあさんにいった。

はい、とばあさんが初めて口にだして答えた。

「少しはおさまってきたのか」

「は、はい、お、おかげさま、で」

息はだいぶふつうにできるようになってきているようだが、しゃべり方は途切れがちで、まだまだ弱々しい。

「よし、おぶされ」

勇七が手助けすると、ばあさんは素直に文之介の背に乗ってきた。

「す、すみません」

蜉蝣《かげろう》の羽音のような声だ。

「いいってことよ。江戸に暮らす者は、侍も町人も変わりねえのさ。互いに助け合わなくちゃいけねえ」

「はい、ありがとう存じます」

ばあさんが目をしょぼしょぼさせて、こうべを垂れる。

文之介は意外にたっぷりとした重みに内心、驚いていた。

よっこらしょと腕と腰に力を入れ、ばあさんを背負って、八丁堀のほうに向かって歩きだした。

「あっ、こっちでいいのか」

文之介は首をねじ曲げて、ばあさんに確かめた。

いえ、とばあさんが申しわけなさそうにいう。

「あたしの家は深川佐賀町《さがちょう》でございます」

「そうか、逆だったか」

文之介はくるりと振り向いた。勇七がそのまま先導する形を取る。

「すみません、八丁堀にお戻りになるところだったんでしょう。ご足労かけて、申しわけなく存じます」

「いいってことよ」

文之介は笑顔で先ほどと同じ言葉を繰り返した。

「佐賀町なら、橋を渡ってすぐそこじゃねえか。でも、俺はばあさんの家がずっと遠い町にあろうときっと送り届けるぜ。それが江戸の町人たちを守る、町方のつとめってもんだろう」

勇七も、うんうんとうなずいている。

「ありがとうございます。本当に助かります。ありがとうございます」

背中でぺこぺこして、ばあさんが涙ぐむ。懐から手ぬぐいを取りだし、洟《はな》をちんとや
った。

「すみません。八丁堀の旦那のお背中で洟をかんだりして」

「そんなのは別にかまわねえよ。洟をかむのは、けっこう力がいるからなあ。それだけ元気が出てきたっていうことさ。それに、涙が出たら、鼻水も出てくるのは当たり前だからな。でも、どうして一緒になって出てくるのかなあ。不思議だよなあ」

ええ、どうしてでしょうね、といって、ばあさんがくすりと笑いを漏《も》らす。

「旦那はお気楽な、いえ、物事にこだわらないお方ですねえ」

「そのほうが生きやすいからな。俺は元来、怠け者なんだ」

「怠け者は、わざわざ橋を戻って佐賀町まで行ってくださいませんよ」

「いえ、おばあさん、この旦那は本当に怠け者なんですよ」

勇七がため息をついていう。

「これまであっしはいったい何度、泣かされたことか」

「勇七、急になにをいいだしやがる」

「でもね、おばあさん。この旦那は困っている人を見すごすことができない怠け者なんですよ」

「ええ、ええ、よくわかりますよ」

ばあさんが、文之介の背中でしみじみといった。

「永代橋のまんなかで急なさしこみに襲われて、あたしは心細くてなりませんでした。助けを呼ぼうとしても、声がまったく出ませんでしたし。ですから、八丁堀の旦那にお声をかけられたときは、まるで仏さまのように感じました」

文之介は快活に笑った。

「俺みてえな若造を仏さまは大袈裟《おおげさ》だなあ。ばあさん、さしこみは初めてだったのか」

「いえ、これまでに何度かございました。でもこのところ、ずっと体の具合がよくて、一年以上なかったんです。それが急にあんなことになって、もう最期《さいご》じゃないかって正直、覚悟しました」

「永代橋の上で覚悟なんていうと、別のことを考えちまうな。——佐賀町からどうしてこっちがしに出てきたんだ」

「仕事でございますよ」

「仕事帰りだったのか。それで、ばあさんはどんな仕事をしているんだい」

しばらく待ったが、答えはなかった。文之介はちらりと見た。日暮れのせいばかりでなく、ばあさんの顔色はやや黒さが増し、疲れの色が目の下をふちどっている。小さくいびきをかいて眠っていた。

文之介はことさらゆっくりと歩いた。

橋を渡り終え、深川佐賀町に入った。忍びなかったが、文之介はばあさんを揺り起こした。

「家はどのあたりだい」

ばあさんは一瞬、なにをしているのか、どこにいるのかわからなかったようだ。目をぱちくりして文之介を見る。

「ふむ、ばあさんはだいぶ疲れがたまっているようだな。帰ったら、ゆっくりと休んだほうがいい」

文之介がいうと、ばあさんは、ああ、と高い声をだした。

「すみません、八丁堀の旦那の背中で寝てしまって」

「なに、いいさ。ぐっすり眠られると、こちらも気分がいいものな」

「それにしても、八丁堀の旦那の背中は、寝心地がよろしゅうございますね」

「そうか。初めていわれた」

「八丁堀の旦那、ご内儀《ないぎ》は」

「ああ、一人いるぞ」

「この旦那はつい最近、一緒になってもらったばかりなんですよ」

勇七がばあさんにいう。

「一緒になってもらったって、勇七、お春は俺にずっと惚《ほ》れていたんだぞ」

「お内儀は、お春さまとおっしゃるんですか。とてもきれいなお名ですね」

文之介はその言葉に飛びつくように、ばあさんに目を移した。

「いつもにこにこして、まあ、たまに目を三角にして怒ることはあるけれど、春の陽射しのように明るい嫁さんだ」

「それはよろしゅうございました。お春さまは八丁堀の旦那の胸で眠るのが、とてもお好きではありませんか」

確かにその通りだ。

「ああ、すみません、妙なことをきいてしまって」

「いいってことよ。実は、ばあさんもそうなんじゃねえのか」

「あたしの場合、好きだったということになりますね。――八丁堀の旦那、失礼ついでにもう一つ、よろしいですか。もしかしたら、ご内儀のお尻《しり》に敷かれていらっしゃるんじゃありませんか」

文之介は素直に顎を引いた。

「まあ、そうだな。俺はあいつに頭があがらねえ」

ばあさんがくすくす笑う。

「正直なお方ですこと」

「正直でいるように、といつも俺は自分にいいきかせているんだ」

「それはよろしゅうございますね。生きていてそれが一番、楽ですから」

「そうだろう、嘘《うそ》はかったるいからな。――それでばあさん、うちはどこだい」

「ああ、楽しくて、ついおしゃべりに夢中になってしまって、すみません」

ばあさんが道を説明する。深川佐賀町は飛び地があったりして、いくつかにわかれている。

永代橋から左に折れ、中ノ橋《なかのはし》を渡った。堀川町《ほりかわちょう》との境目近くに家はあった。こぢんまりとした一軒家である。

ばあさんによると、亭主が遺《のこ》してくれた家だそうだ。

「あたしと同じようにもう年寄りの家ですけど、火事にも遭わず、こうして今も無事に建ってくれています。まことにありがたいことにございますよ」

近づいてゆくにつれ、なかなかいい家であるのがわかった。

「ほう、ずいぶんと造りがていねいな家じゃねえか。渋さがにじみ出ているぞ」

勇七がすかさず同意する。

「ええ、それに、とても頑丈そうですよ。ご亭主の人柄があらわれていますね」

「おほめいただき、ありがとうございます。あの世で、亭主も喜んでいるにちがいありません」

文之介は、ばあさんを戸口の前に静かにおろした。ばあさんがふっと息をついた。腰をとんとんと叩《たた》く。

「ばあさん、この家に一人で暮らしているのか」

「はい、さようで」

「子供は」

「一人おりますが、商家に奉公にあがっておりますので」

「せがれはいくつだい」

「この正月で三十六になりました。年男にございます」

「嫁さんは」

「いえ、まだです。じき番頭になれるかもしれないそうで、嫁取りはそのあとになるようなことを申しています」

「そうか、早く番頭になれたらいいな。ばあさんも孫の顔を見てえだろう」

「はい、今はそれだけが楽しみで生きているようなものでございます」

子よりもかわいいと、これまで数え切れない人から文之介はきかされている。

「じゃあ、ばあさん、これでな。俺たちも帰るとするよ」

「あっ、お茶でもいかがですか」

文之介は笑って手を振った。

「今日は遠慮しておくよ。茶は、また会うようなことがあったら、そのときに振る舞ってくれ」

「はあ、承知いたしました」

ばあさんは少し残念そうだ。

「あの、八丁堀の旦那、お名は」

文之介は名乗り、勇七も紹介した。

「御牧さまに勇七さん……」

「ばあさんはなんていうんだ」

おみちという名だった。

「ではな、おみちさん。いろいろ話せてとても楽しかったぜ」

「はい、こちらこそまことにありがとうございました。感謝の言葉もございません」

戸口にたたずんでおみちは、きびすを返した文之介たちを、ずっと見送っていた。


「そうかあ」

文之介は大きな声を発した。

「あのおみちばあさんだったたか。すまねえな、なかなか思いだせなくて。ここ最近、歳を取ったのか、どうも俺は物覚えが悪くなっちまった上に、物忘れもずいぶんと激しくなっちまったんだ」

「お歳を召《め》されたなんてこと、ございませんよ。御牧さまは、お若くていらっしゃいますからね」

「おみちさんも若いぞ。おみっちゃんと呼んでいいくらいだ」

「若くありませんよ。もう六十をすぎていますから」

「六十すぎか。なんだ、俺はまだ前だと思っていた」

ほほ、とおみちがうれしそうに笑う。しかし、またもかすかな陰が頰《ほお》のあたりをよぎっていった。

「御牧さまは、口がお上手でいらっしゃいますね」

そんなことはないさ、と文之介はいった。

「番所《ばんしょ》内では口べたで通っている」

「口べたでございますか」

「信じられねえか」

はい、とおみちがうなずく。

文之介は、ははは、と大きく笑った。

「おみちさんこそ、正直じゃねえか」

「はい、そのほうが生きていて楽ですから」

文之介は団子を六本頼んだ。ありがとうございます、といっておみちが網であぶった団子を手早く紙包みに入れる。

文之介は二十四文を支払った。

「ありがとうございます。御牧さま、お内儀のお春さまと三本ずつ召しあがるんでございますね」

「まあ、そういうことになるかな。お春もきっと、ぺろりだろう」

文之介は団子の紙包みを手にして、おみちを見つめた。

「おみちさん、深川佐賀町から通っているといっていたけど、ここは雇われて働いているのかい」

はい、といっておみちがにこりとする。

「ありがたいことに、長いことそうさせていただいています」

「団子の腕を買われているんだな。そうか、そうだろうな。こんな名人を店が手放すわけがねえ」

文之介は心がほんわかとなる紙包みを持ち直し、最も気にかかっていたことを静かに言葉にした。

「その後、体の具合はどうだい」

「はい、だいぶようございます。さしこみもあれ以来、ございません」

「そいつはよかった」

文之介は少し安心した。

「ところでおみちさん、なにか心配事でもあるんじゃねえのか」

えっ、とおみちが文之介を見つめてくる。

「いえ、なにもございませんよ」

文之介は見つめ返した。おみちの表情は動かなかった。

「そうか。じゃあ、おみちさん、俺は行くよ。またな」

「はい。御牧さま、どうぞ、お気をつけてお帰りになってください」

「うん。おみちさんも、暗くならねえうちに帰るんだぞ」

文之介はぽかりと自らの頭を小突いた。

「いけねえ。ちっちゃい子に対するようないい方をしちまった」

「いいんですよ」

おみちがにこにこする。

「八丁堀のお方は、あたしらにとってお師匠《ししょう》のようなものですからね」

文之介は鬢《びん》をかいた。

「俺はそんなふうにいわれるほど、えらくねえなあ」

「そんなことはありませんよ。御牧さまは、人への気づかいがおできになる、すばらしいお方だと思います。そういうお方は、お師匠と呼ばれるにふさわしいでしょう」

「そうかな。でも、やっぱりほめすぎだな。じゃあな、おみちさん。また買いに来るよ」

「はい、お待ちしております。ご内儀によろしくお伝えください」

「承知した。今度、一緒に来るよ」

文之介は元気よく答え、体をひるがえして道を歩きだした。

太陽は頭上にあり、相変わらず盛んな輝きを見せている。玉子色をした光が地上ではねている。あたたかな陽気で、行きかう人たちの顔も自然にほころんでいる。

文之介は、おみちがなにを思い悩んでいるのか、気にかかってならない。

しかし、話してもらえないのでは仕方ない。それに、この世を生きていて、気がかりや悩みを持たない者のほうがよっぽど珍しいだろう。

文之介は別のことを考えることにした。団子を前にしたお春がどんな表情をするか、頭に思い描く。

弾《はじ》けたような笑いが浮かんできた。

三

そんなにうまいか、お春。

ええ、とっても。

そうか、そうか。

文之介は妻が喜ぶのがうれしくて、でれでれした。

ありがとう、あなたさま。

お春が濡《ぬ》れた目で見つめてくる。

なーに、礼をいうほどのことはねえよ。俺たちは夫婦《めおと》じゃねえか。

でもこんなにおいしいお団子、私、久しぶりにいただきました。あなたさまの稼ぎがいいから、これだけおいしいお団子が食べられるんです。

いや、お春。おめえも知っての通り、俺はあまりいい稼ぎじゃねえぞ。なにしろ三十俵二人扶持《ぶち》だ。それに、この団子は一本、四文しか、しねえんだ。

でもあなたさまが一所懸命働いてくださるから、私の口に入るんです。

そうかい、そんなに気に入ったんなら、また買ってきてやろう。いや、一緒に買いに行こうじゃねえか。

あなたさまと行けるなんて、うれしい。

お春がしなだれかかってきた。

文之介はぎゅっと抱き締めた。お春の顎にそっと手を当て、かわいらしい顔を間近で拝もうとした。

げっ。

喉《のど》の奥から妙な声が出た。

お春がどういうわけか、年寄りになっていた。団子売りのおみちだ。にっこりとして、口を吸いにきた。

やめてくれ。

文之介は手で押しのけた。

きゃっ。

叫び声が耳に飛びこんできた。

文之介は、はっとした。

——今のは。

お春の声だ。

眠気がいっぺんに飛んだ。文之介は目をあけた。

部屋はまだ薄暗い。腰高障子《こしだかしょうじ》がかすかに白さを帯びている。夜明けは近いようだが、まだ日はのぼっていない。お春が畳に転がっているのが、ようやく目に入った。

「どうした、お春」

文之介は寝床を出て、急いでお春に近づいた。お春を抱き起こした。

「どうした」

お春がびっくりしたように文之介を見つめる。

「どうしたって、あなたが私を突き飛ばしたんじゃないの」

「なんだって」

昨夜、情をかわしたあと、二人は同じ布団で抱き合って眠ったのだ。武家としてあるまじき行いかもしれないが、どのみち二人きりの屋敷である。誰にも遠慮する必要はなかった。

先ほどの夢がまざまざと脳裏によみがえってきた。おみちが夢に出てきたというのは、やはりあのばあさんの頬をよぎる陰が気になっているからだろうか。

「すまねえ、悪い夢を見た」

文之介はお春にいった。

「どんな夢を見たの。怖い夢だったの。おねしょしていない」

お春が真剣な顔できいてくる。

「するか。おねしょなんか、最後にしたのは十一のときだぞ」

それでも文之介は一応、下帯《したおび》に触れて確かめた。ほっと安堵の息をつく。

文之介は夢の中身を語った。

「そう、お団子屋さんのおみちさんに迫られたの」

「ああ、恐ろしい夢だった。若い頃《ころ》はきれいだったのは紛れもねえし、今も上品なばあさんだが、唇《くちびる》を突きだされたのには、さすがにまいった」

「じゃあ、私が代わりに」

お春が文之介の唇にそっと口づけた。

文之介は抱き締めた。お春の帯をほどこうとした。

お春が潤《うる》んだ瞳《ひとみ》をする。確実に娘から女へと成長を遂げている。そんなことを感じさせる目だ。

文之介はお春を布団にそっと横たえた。

まな板を叩く音が耳に届く。

ああ、いいものだなあ。

文之介は満ち足りた思いだ。お春と一緒になって、つくづくよかったと思う。こんなに幸せな時間が訪れるなど、ちょっと怖いくらいだ。

石垣が崩れ落ちるように、この暮らしが壊れてしまうようなことにはならないだろうか。今はそれだけが心配だ。

まさか自分に、幸せすぎて怖いという瞬間がやってくるとは思いもしなかった。

妙なことは考えないほうがいい。うつつのことになってしまうかもしれない。

文之介は別のことを考えることにした。

父上はどうしているだろう。

父親の丈右衛門《たけえもん》は妻のお知佳《ちか》と娘のお勢《せい》とともに、文之介の婚姻《こんいん》より少し前にこの屋敷を出ていった。文之介たちに心置きなく新しい暮らしを楽しんでもらおうという気持ちからだ。

文之介もお春も一緒に暮らすのを楽しみにしていたから、とめたのだが、丈右衛門の決意は揺らがなかった。丈右衛門自身、生まれて五十六年、この屋敷で生まれ育ち、子も育てあげた。

もう残りわずかになっているはずの余生を、市井《しせい》ですごしてみたいという思いを、打ち消すことができなかったようだ。

今は、もめ事の解決や人探しを生業《なりわい》としている。本人はできることなら、むずかしい事件を解決に導きたいと願っている様子だが、実際に依頼があるのは、犬や猫を探したり、年寄りの話し相手をしたりするというのが、ほとんどのようだ。

なかなか思う通りにいかないだろうが、父にはがんばってほしい、と文之介は心から祈っている。

常に願っていれば、きっといつかはうつつのものになるはずだ。丈右衛門はそのことをよくわかっているだろう。

それに丈右衛門のことだから、どんな困難や苦難にも、めげることはあるまい。それを乗り越えてこそ、光が見えてくることは文之介以上に熟知している。

廊下を渡る音が耳に飛びこむ。すっかり明るくなった腰高障子に小さな影が映りこみ、それがそっと低くなった。

「あなた、起きていらっしゃいな。朝餉ができましたよ」

お春の声はつややかだ。この声をきいただけで、また抱き締めたくなる。

文之介は寝床から起きあがり、腰高障子をあけた。

お春がにこにこして見あげる。文之介も微笑した。

「いま行くよ。もう腹はぺこぺこだ」

ああ、うまかったあ。

文之介は茶を喫し、ゆるやかな曲線を描く腹をなでた。

最近、少し太ってきたかもしれない。以前は、こんな肉は腹についていなかった。お春の包丁の腕が達者すぎて、つい食べすぎてしまうのだ。朝から六杯もおかわりをするのは、いくらなんでも食べすぎなのだろう。

だが、それだけお春のつくる食事はおいしいのだ。食べだすと、箸《はし》がとまらなくなってしまう。こんなに料理上手だとは、正直、思っていなかった。

一緒になる前からお春はこの屋敷にやってきては、文之介や丈右衛門のために食事の支度をしてくれた。

そのときも、ひじょうにおいしかった。だが、ここまで美味ではなかったような気がする。

これは、やはり愛情のたまものではないだろうか。

文之介としては食事の量は減らしたくないから、これまで以上に道場に通うのがいいのだろう。もっと体を動かし、汗を流さなければいけない。

お春は台所で水仕事をしている。皿がかすかに触れ合う音がする。

だいぶ腹も落ち着いた。これなら動いても大丈夫だろう。

文之介は立ちあがり、自室に戻って身支度をはじめた。お春がすばやくやってきて、かいがいしく手伝いをしてくれる。

こういうときも、文之介は幸せを感じる。また抱き寄せたくなってしまう。

しかし、ここでそんなことをしたら、遅刻はまちがいない。文之介は腹に力をこめ、ぐっとこらえた。

お春がちらりと文之介の顔を見たが、なにもいわなかった。

いつものように最後に黒羽織を羽織る。これを着て、十手《じって》を懐におさめ入れると、体に芯が通ったような気になる。

「これでよし」

文之介はお春にいって、部屋を出た。長脇差《ながわきざし》を両手で捧《ささ》げるように持って、お春がついてくる。

文之介は式台《しきだい》から三和土《たたき》に降りた。雪駄《せった》を履《は》く。お春から長脇差を受け取り、帯と着物のあいだにねじこんだ。ぽん、と軽く柄《つか》を叩く。

「よし、行ってくるぞ」

文之介は、式台に正座しているお春にいった。

「行ってらっしゃいませ」

両手をそろえてお春が頭を下げる。

文之介は、お春が顔をあげるのを待った。やがて、つぶらな瞳が見あげてきた。それを目の当たりにし、文之介はまたも抱き締めたくなった。

その思いをかろうじて殺し、もう一度、行ってくるといって体をひるがえす。

敷石を踏んで、あけ放たれた門に向かう。今日も天気はよく、あたりはつややかな光に覆われている。

不意に風が吹きこみ、そのためでもあるまいが、太陽が雲に隠れ、庭が陰った。雲は薄く、朽葉色《くちば》に見えている太陽は輪郭がくっきりと眺められた。

文之介は人の気配に気づき、目を向けた。ちょうど、門をくぐり、駆けこんできた者があった。

「あれ、勇七じゃねえか」

「ああ、旦那」

勇七が立ちどまった。顔一杯に汗をかいているが、息はさほど荒くはない。町奉行所から走ってきたのはまちがいないだろうが、このあたりは鍛《きた》え方がちがうということなのだろう。

「どうした、なにかあったのか」

「ええ、殺しです」

「どこだ」

勇七が間髪入れず答える。

「深川東平野町《ひがしひらのちょう》です」

四

強い風が北へと吹き抜けてゆく。

空を飛ぶ水鳥が大きくあおられ、おびただしい船が行きかう大川《おおかわ》の水面《みなも》がざわめく。くだり船の舳先《へさき》が波立ち、激しくしぶきがあがった。

あれだけの船の往来があるのに、よくぶつからぬものと、文之介は大川の光景を眺《なが》めるたびにほとほと感心する。

こんな朝早くからいったいどこからわいてくるのか、老若男女や身分を問わず、大勢の者たちが行き来をしている永代橋を、文之介と勇七は渡りきった。

道は深川佐賀町に入った。

「勇七、今朝は番所から殺しの知らせを持ってうちに走ってきたんだな。でも、どうして番所にいたんだ」

走りながら文之介はたずねた。勇七は、妻である手習《てならい》師匠の弥生《やよい》の家で暮らしているのだ。殺しの知らせを受けて町奉行所から文之介の屋敷にやってきたということは、朝早くから町奉行所にいたことになる。

前を駆ける勇七がちらりと振り向く。

「親父《おやじ》がちと具合が悪いってことなんで、弥生と一緒に昨日から泊まりこみで見舞いに行っていたんです」

勇七の父は勇三《ゆうぞう》といい、丈右衛門の中間をつとめていた。今は隠居し、町奉行所内の中間長屋に妻とともに暮らしている。

「そいつは知らなかったな。勇三はどうなんだ、大丈夫なのか」

「平気ですよ。ちと風邪を引いただけなんですから。それを大袈裟にいってきたんです。親父は弥生のことをとても気に入っていて、顔を見たくて仕方がないんですよ」

「弥生ちゃんは、いま番所にいるのか」

「いえ、手習所に戻ったと思いますよ。手習子たちが手習を楽しみにしていますからね」

「ふむ、手習子のやる気を削《そ》ぐわけにはいかねえか」

そういうこってす、と勇七がいった。

「あの、旦那。ちょっとききたいことがあるんですが、よろしいですかい」

勇七が前を向いたままいう。

「なんでもいいぞ」

「旦那は、あのおばあさんのことを覚えていますかい」

「おみちさんのことだな」

「ええ、さいです。元気にしているんでしょうかね」

「元気さ」

勇七がおや、という表情をする。

「なんかおみちさんのことがよくわかっているいい方ですね」

文之介はにやっとして、どういうことなのか、話した。

「えっ、昨日、会ったんですかい。へえ、そうでしたか」

勇七がほっとした顔になった。

「なんにしろ、元気そうでよかったですねえ。しかも、うまい団子屋で働いているんですかい。あっしもそのみたらし団子、食べてみたいですねえ」

「そんなに遠くねえから、今日にでも寄ってみようじゃねえか」

「そりゃうれしいですねえ」

勇七が顔を輝かせる。

「団子くらいでそんなにうれしそうにしやがって、勇七はちっちゃいときのまんまだな」

「旦那」

駆けながら勇七が声をひそめて呼びかけてきた。

「あっしにはいくらでもいっていいですけど、今の言葉をほかの人にいっちゃあ、駄目ですよ」

「どういう意味だ」

「言葉通りの意味ですよ。旦那のほうこそ、小さい頃とまったく変わらないってことです」

「俺は立派な大人だろうが」

「いや、ほとんど変わっていないですよ。童顔だし」

「渋い大人をつかまえて、童顔か」

「渋くはありませんよね」

「そうか、渋くねえか」

「ご隠居は渋いですけどね」

「父上は歳だからな」

「旦那が今のご隠居の歳になったからっていっても、あの渋さがあるかどうか、怪《あや》しいものですね」

「勇七は本当に口が減らねえぜ」

「気に障《さわ》りましたかい」

文之介はにかっとした。

「そんなこと、あるもんかい。このくらいで腹は立たねえよ。いつからのつき合いだと思っているんだ」

「そうですねえ。本当に長いですねえ」

「勇七、これからもずっと一緒だからな」

「もちろんですよ」

勇七が元気よく答えた。

深川東平野町に入った。

「あそこのようですね」

勇七がたくましい腕を伸ばす。指の先に人だかりが見えた。

さすがに海に近い深川だけあって、潮の香りがぷんとしている。これまでずっと駆けてきて、そのことに文之介は気づかずにいた。

ここ深川東平野町の南側は仙台堀《せんだいぼり》が走り、河岸《かし》になっている。

仙台堀には、大川と同じように多くの船が行きかっていた。米俵や樽《たる》、蔬菜《そさい》などを満載した荷船が目立つが、遊山《ゆさん》の客を乗せているらしい猪牙《ちょき》も少なくない。

仙台堀の由来は、この川の北側に以前、伊達家《だてけ》の蔵屋敷があったからだ。この川が米などの運送に盛んに使われたことから、この名がついた。

伊達家がこの川を開削したからでは決してない。

伊達家が開削に関わったのは、二代将軍秀忠《ひでただ》の時代の神田川《かんだがわ》で、牛込《うしごめ》から昌平橋《しょうへいばし》あたりのあいだを担当したようだ。その間を以前は仙台堀と呼ぶこともあったらしい。

仙台堀に架かる亀久橋《かめひさばし》の袂《たもと》に、大勢の野次馬がひしめいているのが眺められた。野次馬は二十人はくだらない。

「通してくんな」

近づいた勇七が野次馬の背に、ややどすのきいた声をかける。

「町方の旦那のお出ましだぜ」

その声に、扉がひらくように人垣がきれいに二つに分かれた。

すまねえな、と文之介は町人たちにいって前に進んだ。

見覚えのある町役人がいた。

「ああ、これは御牧の旦那。ご足労ありがとうございます」

しわがれた声でいい、ていねいに腰を折ってきた。白髪で一杯の、頭のうしろ側が見えた。

「そんなにかしこまることはねえよ。これが俺たちの仕事だし、だいいち毎日、来ているところだからな」

文之介は亀久橋のほうに目を投げた。

「それか」

ほんの三間ほど先の橋脚の陰に、筵《むしろ》の盛りあがりが見えている。それが人の形をしていた。

「どれ、見せてもらおうか」

文之介は近寄り、膝《ひざ》を折った。手を合わせる。同じように合掌《がっしょう》した勇七が、筵を静かにめくる。

男だった。両手で胸を押さえた状態で仰向けになり、あいた両目は宙をにらみ据えている。足は肩幅ほどにひらいている。白の足袋《たび》に、畳表《たたみおもて》で根気よくつくられたのがわかる雪駄を履いている。太い鼻緒《はなお》は黒が利いた縞柄だ。

歳は四十すぎか。脂粉をまぶしたような白い肌をしている。切れ長の目にすっきりと高い鼻、形のよい唇。役者のようにととのった顔立ちだ。

江戸で最もよく見る藍《あい》色の着物をまとっているが、その胸のところがどす黒く染まっているのが腕の陰に見えた。

着物が小さく破れているのは、刃が通ったからだろう。

「刃物で心の臓を一突きですかね」

勇七が、ほかの者にきこえないようにつぶやく。

「そのようだな。先入主を持っちゃあいけねえが、手練《てだれ》の犯行だ」

文之介は立ちあがった。町役人に顔を向ける。

「この仏、身許《みもと》はわかっているのかい」

町役人が唇を嚙み締めて、かぶりを振る。

「それがわかっておりません」

「この町内の者じゃねえんだな」

「はい、それはもうまちがいありません」

まずは、この死者の身許を明らかにすることからはじめることになりそうだな。

文之介がそんなことを思ったとき、検死医師の紹徳《しようとく》がやってきた。いつものように助手の若者を連れている。

文之介と勇七は死骸《しがい》に筵をかけてから、紹徳を出迎えた。

「すみません、遅れてしまって」

紹徳が辞儀する。頭の下げ方は念入りで、この医者の人柄をあらわしている。

「いえ、我らも、いま来たばかりですから」

文之介は安心させるように紹徳にいった。

「さようでしたか」

小さく笑みを浮かべた紹徳が、筵の盛りあがりを見やる。そちらですか、といって笑みを消し、静かに歩み寄る。

しゃがみこんだ。助手の若者がそっと筵をはぐ。

紹徳が死骸を俯《うつぶ》せにするなど、詳しく調べはじめた。

やがて深くうなずいて、立ちあがった。手ぬぐいでしっかりと手をふいてから、少し離れたところで見守っていた文之介たちのそばにやってきた。

文之介と勇七は紹徳に歩み寄った。

「正面から、鋭利な刃物で胸を刺されています。御牧さんたちならおわかりでしょうが、心の臓を一突きです。痛みなど、ほとんど感じなかったでしょうね」

刃物は傷の大きさからして、匕首《あいくち》ではないか、ということだ。殺されたのは、昨夜の五つから七つまでのあいだ。しぼれば四つから八つまでではないか。ほかに傷はなく、殺した者の腕のすごさが如実にあらわれているとのことだ。

「あと、着物の裏地ですが、五重塔が描かれています。なかなか珍しい意匠ではないか、と思いますね」

死骸に近づき、かがみこんだ紹徳が手を伸ばす。死骸の着物を背中のところで裏返しにした。

「これですよ」

紹徳のいう通りで、高さを感じさせる立派な五重塔が、青と黒の糸で鮮やかに縫いこまれている。

「見事なものだな」

文之介は知らずつぶやいていた。

「ええ。きっと、腕のよい職人によるものでしょうね」

紹徳が文之介を見あげていう。

「それがしは着物のことはあまりよくわからぬのですが、やはりこれだけの縫いこみともなると、高価なのでしょうか」

「ええ、安くはないと思いますよ。多分、注文してつくってもらったものではないでしょうか」

「となると、職人を探しだせば、この男の身許がわかるかもしれねえな」

さいですね、と勇七が同意する。

「ところで、この五重塔はどこの塔なんでしょう」

勇七が誰にともなくきく。

文之介は口にだしてみた。

「浅草寺《せんそうじ》かな」

「いや、ちがうような気がしますね」

紹徳が眉根を寄せて首をひねる。

「はっきりとどこがとはいえませんが、手前にはちがうような気がしてなりません」

「あと、府内で五重塔があるところというとどこかな」

「江戸四塔といいますけど――」

勇七が指を折る。

「浅草浅草寺のほかに上野寛永寺《うえのかんえいじ》、芝増上寺《しばぞうじょうじ》、谷中天王寺《やなかてんのうじ》でしたかね」

「四塔というと、増上寺じゃなくて、池上本門寺《いけがみほんもんじ》じゃねえのか」

「でも、増上寺の五重塔は台徳院《だいとくいん》さまの供養塔ときいていますよ」

勇七、と文之介は呼びかけ、こそっときいた。

「台徳院さまというと、二代将軍秀忠《ひでただ》公のことだったかな」

その通りですよ、と勇七がささやき返してきた。

文之介はまちがっていなかったのがわかって、ほっとした。

「台徳院さまといえば、本門寺の五重塔だって、関係しているんじゃなかったかな。確か、台徳院さまがお若いときに重い病にかかられ、その平癒祈願のために建てられたときくぞ。慶長《けいちょう》の昔のことだから、増上寺の五重塔より古いはずだ」

「なるほど、由来はしっかりしているんですね」

「まあ、どっちでもいいか。江戸には五つの立派な五重塔があるっていうことだ」

文之介が結論づけるようにいったとき、紹徳の助手の若者が、裏地の五重塔を見つめて口をひらいた。

「この五重塔は、京《きょう》のお寺さんのものじゃありませんか」

「京の寺か。俺たちは京へは行ったことがねえから、なんともいえねえな。でも、どうしてそう思うんだい」

文之介は若者にただした。

「手前も十年近く前に親に連れられて行ったきりなので、はっきりとはわかりかねるのですが、そのときに見た五重塔に似ているような気がします。京に限らず、五重塔はどれも似たり寄ったりだとは思いますが」

「ふむ、京か。だが京なら、五重塔などいくらでもありそうだな。向こうは、お寺の本場だろうから。京で俺が知っている五重塔といえば、法隆寺《ほうりゅうじ》だな。あれはすごく古いものらしいぞ」

文之介は胸を張った。勇七と助手があっけに取られる。紹徳だけは驚きを表情にださないようにしていた。

「旦那、法隆寺は奈良《なら》ですよ」

勇七にいわれて、文之介は驚いた。

「ええっ。法隆寺って京じゃねえのか。奈良……。そいつは初耳だ」

勇七があきれたように鬢をかく。

「さすがは旦那ですねえ。法隆寺が京だと思っていたなんて。そんな人、この広い江戸にもざらにいませんよ」

「ほめるな、勇七」

文之介は助手に柔和な顔を向け、さらにきいた。

「この図柄は、どの寺のものだと思う。縫いこまれた五重塔がどこのものかなんて、正直どうでもいいことかもしれねえが、もしかしたら大きな手がかりになるかもしれねえんだ」

助手だけでなく、紹徳も五重塔に見入っている。そっと口をひらいた。

「京で有名な五重塔というと、東寺《とうじ》、醍醐寺《だいごじ》、仁和寺《にんなじ》、八坂《やさか》の塔と呼ばれる法観寺《ほうかんじ》くらいでしょうか」

「へえ、そうなのですか。意外に少ないですね。奈良はどうなのですか」

「奈良にある五重塔で手前の知っているのは、先ほど名の出た法隆寺、興福寺《こうふくじ》、元興寺《がんこうじ》くらいですね。ほかにもあるかもしれませんが、手前は知りません」

紹徳の言葉を受けて、助手が続ける。

「元興寺の五重塔は奈良の昔に建てられたもので、高さが二十四丈くらいあるときいています」

「二十四丈だって」

文之介はびっくりした。勇七も同じ顔つきだ。

「そいつはすげえ。俺なんか高いところが駄目だから、目がくらんじまう」

文之介は紹徳と助手を交互に見た。

「それで、この五重塔がどこのものか、わかりましたか」

「手前は、京の東山にある八坂の塔ではないかと思います」

「手前も同じです」

紹徳と助手が続けざまにいった。

「法観寺という寺ですね」

「さようです」

紹徳が答える。

「この影絵のように浮きあがった輪郭が、手前が京で見た五重塔と一致する気がしてならないんです」

紹徳がここまでいうのなら、かなり自信があるのだろう。八坂の塔でまちがいないかもしれない。

果たして江戸の者が、八坂の塔の縫いこみを裏地に入れるだろうか。

自分ならまず入れない。京にはもっと有名な場所がいくらでもある。清水寺《きよみずでら》、金閣寺《きんかくじ》、銀閣寺《ぎんかくじ》、嵐山《あらしやま》の風景、知恩院《ちおんいん》、三千院《さんぜんいん》、三十三間堂《さんじゅうさんげんどう》、竜安寺《りょうあんじ》など、縫いこみを入れるのならそういうところにする。わざわざ八坂の塔を選んだりしない。

この男は、八坂の塔の近所に住んでいるのではないか。

文之介はそんな気がした。

もうよろしいですね、といって紹徳が死骸に着物を着せる。形のよい五重塔がゆっくりと消えていった。

「この着物が、京土産《みやげ》ということは考えられますか」

文之介は紹徳と助手にたずねた。

「考えられないことはないでしょう」

紹徳が深くうなずいていった。

「それと、この仏さまが上方から着てきたということも、考えられるのではありませんか」

紹徳がすぐに気づき、照れたように咳払《せきばら》いする。

「いや、これは素人が余計なことを申しました。御牧さま、忘れてくだされ」

「いえ、貴重なご意見ですよ」

「そうおっしゃっていただけるとありがたい」

紹徳が笑みを見せる。

「この仏さん、ほかになにか持ち物がありましたか」

文之介はたずねた。

「これですね」

差しだされたのは巾着《きんちゃく》だった。

文之介は中身を見た。たっぷりと詰まっている。

「すごいな。三十両はある」

「取られていないということは、物盗りの仕業ではないということですかね」

勇七が小声できいてきた。

「そう考えたほうが自然だな。もともと、心の臓を一突きなんていう殺し方は、物盗りのやるようなことじゃねえ。きっとこの男を狙《ねら》って殺したにちげえねえんだ」

巾着のなかに、身許を示すようなものはなかった。

文之介はなくさないように、巾着を懐に大事にしまいこんだ。

紹徳が立ちあがる。

「では御牧さん、勇七さん、これで失礼いたします」

「ああ、どうもお疲れさまでした」

紹徳が助手をうながし、体をひるがえす。文之介と勇七は、ありがとうございました、と声を合わせた。

角を曲がった紹徳たちの姿が見えなくなってから、文之介は足元の死骸にあらためて目を当てた。

「ふむ、この男は紹徳さんのいうように、上方からやってきたのかもしれねえな」

「あっしもそう思います」

勇七が同感の意を示す。

「旦那、この仏さんの身許を明らかにすることからはじめるんですね」

「そうだ。上方から来たんなら、まずは旅籠《はたご》を当たることになるかな」

身許がはっきりするまで、死骸は東平野町の自身番に置いておくことになる。身許がすぐに判明したとしても、本当に上方の者だったらどうなるか。飛脚を飛ばすなりしてつなぎをつけるにしても、こちらで埋葬するしかないだろう。

行き倒れに多い無縁仏にならないだけまだましかもしれないが、江戸にやってきて殺されたとなれば、無念の思いしか残らないにちがいない。

文之介は、そばでじっと控えていた町役人を招き寄せた。

「この仏さんを頼む」

「はい、自身番で丁重に預からせていただきます」

「すまねえ。できるだけ早く身許を明らかにするから、待っていてくれ」

「承知いたしました。よろしくお願いいたします」

町役人が深くこうべを垂れる。死骸の身許が明らかになったとしても、結局は自分たちで茶毘《だび》に付《ふ》して葬ることになるであろうことは、漏れきこえてきた文之介たちの話から、わかっている様子だ。

「よろしく頼む」

文之介はにこっとして、町役人のやや薄い肩を軽く叩いた。

町役人がまぶしそうにする。

「御牧の旦那は、どうも丈右衛門の旦那に似てきましたねえ」

「そうかあ」

「あれ、お気に障りましたか」

「とんでもねえよ。ただ親父に似てるっていわれるのが、気恥ずかしいだけさ」

「さようでしたか」

町役人がほっとしている。安堵の色が、少し落ちた肩にあらわれていた。

文之介は心中、首をひねった。

親父に似てるっていわれて、俺はそんなに怖い顔、していたのかなあ。

「もう一つ頼み事をしていいか」

文之介は町役人にやさしくきいた。

「はい、手前どもにできることでしたら、なんなりとおっしゃってください」

「この町に絵が得意な者がいるか」

町役人がその意を覚《さと》る。

「では」

「ああ、この仏の人相書《にんそうがき》を描いてもらいてえんだ」

文之介は勇七を指し示した。

「この中間に、番所から人相書の達者を連れてきてもらうという手もあるんだが、往復の時間が余りにもったいねえ。それで、おめえさんに頼みてえんだ」

承知いたしました、といって町役人が眉間《みけん》にしわを刻んで考えこむ。

「注文をつけて申しわけねえんだが、度胸が据わっているほうがありがてえ。死骸の顔をじっと見て、筆を動かさなきゃならねえんでな」

「さようにございますな」

町役人がふと瞳を輝かせた。

「おっ、心当たりがあるって顔だな」

「はい、一人、格好の者がおりました」

町役人が一人の若者を呼び寄せ、耳打ちした。

「はい、お連れすればよろしいんですね」

自身番で働いている若者のようだ。目がきらきらして、目端《めはし》が利《き》きそうな顔つきをしている。

若者が軽く頭を下げて、走りだしてゆく。あっという間にその姿は視野から押しだされた。

文之介たちが待ったのは、上空を舞いはじめた一羽の鳶《とび》が、そこにいることに飽いたのか、ゆっくりと飛び去っていったあいだのことにすぎなかった。

「お待たせしました」

元気よくいった若者が連れてきたのは、一人の女性だった。しかも若くて美形だ。血脈が透けそうなほど白い肌をしている。目が濡れたように黒々としているのが、妙に色っぽい。十徳《じっとく》を着用しており、それがよく似合っていた。

「明倫《めいりん》先生」

町役人が呼びかけ、深く腰を折った。

「お忙しいところ、お呼び立てしたりして、申しわけなく存じます」

「いえ、かまいません」

明るい声音《こわね》でいった。腰にぶら下げた矢立《やたて》が、軽い音を立てる。

「患者さんたちには少し待ってもらうようにいってきましたから。皆さん、きき分けのいい方たちばかりなので、助かります」

十徳を着ていることから、そうだろうと思っていたが、案の定、医者だった。最近では、女医者というのも珍しくなくなりつつある。しかも繁盛ぶりから、腕もよいようだ。もっとも、この美しさ目当ての男の患者たちで大にぎわいといったところか。

「なんでも、仏さまの人相書を描いてほしいとのことでしたが」

明倫と呼ばれた女が、文之介たちのほうに目を向けてきた。

「お役人でしたか。――こちらですね。かわいそうに」

心の底から悲しんでいるのが、口調にあらわれている。明倫が死骸のそばにひざまずいた。目を閉じ、合掌する。

「この人の顔を描けば、よろしいのですね」

「うん、頼みてえ」

「承知いたしました」

腰の矢立を取りだし、筆を手にする。紙は町役人が用意した。

すらすらと描きはじめた。筆に躊躇《ちゅうちょ》がまったくない。

どこからか犬の鳴き声が三度ばかりきこえたあと、手習所にまだ通っていない歳の子供たちの遊び声が近づき、また遠ざかっていった。

そのあいだに、明倫は人相書を描きあげた。まさに手練の筆さばきだ。町奉行所の達者でも、ここまではやくはない。

ただ、問題は似ているかどうかだ。

「いかがです」

晴れがましそうな笑みとともに、文之介に差しだしてきた。

「すまねえ」

文之介は受け取り、じっと見た。死骸の顔と見くらべる。ほう、と自然に嘆声が唇を破る。

驚いたな、とつぶやいて勇七も目を丸くしている。

その言葉を耳に吸いこませて、文之介は明倫にうなずきかけた。

「そっくりだ。こいつはすげえ。たいしたものだな」

「さようですか。それはよかった」

明倫が整った顔をほころばせる。白い歯がこぼれた。

文之介はどきりとした。

こりゃ、この町の男どもはたまらんだろうぜ。みんな、指を切っただ、腹が痛えだ、胸が苦しいだ、顔がかゆいだ、足が重いだ、って、なんやかんやとわけをつけては診《み》てほしがるだろうなあ。

文之介は首筋に汗を感じた。手の甲でそっとぬぐう。

お春って最高の女を妻にしてる俺がこれだからな。

今頃、診療所の待合部屋は、男どもがぎらついた目で押し合いへし合いしているにちがいなかった。男臭い熱気でむんむんしているはずだ。

「ありがとう、これ、もらっておいていいかな」

明倫がくすりと笑う。そんなところにも色気が漂う。

「そのために描いたのですから」

「そうだった」

文之介は墨が乾くのを待って折りたたみ、懐にしまい入れた。

「こんなに絵がうまければ、絵師としてもやっていけるな」

「ええ、小さな頃から絵は大の得意でした。でも、やはり私は人の命を救う仕事のほうが大切ですから」

明倫がにこりとし、頭を下げる。

「では、これで失礼いたします」

あたりにいる男どもほとんどすべてが、焼き蛤《はまぐり》よろしく、口をぱっくりとあけて、明倫を見送った。

ふんわりと、いいにおいが遠ざかってゆく。男たちは人目がなければ思いきり息を吸いこみたいのではないか。

勇七と文之介だけが、しっかり口を閉じていた。

「明倫先生、いったい何者だい」

文之介は、まわりの男どもと同じように口をあけたままの町役人に語りかけた。

「えっ、はい。なんでございましょうか」

町役人があわてて文之介に向き直る。

文之介は同じ言葉を繰り返した。

「この町のお医者にございます」

「それだけか」

「ええ、さようにございます」

「ずっとこの町に住んでいるのか」

「いいえ、診療所をひらかれたのは、つい二年前のことにございます」

「その前はどこにいたんだ」

「本郷《ほんごう》にいたときいています」

町役人がうかがうような目をしている。

「明倫先生について、なにかお気にかかることでも」

文之介は首を振った。

「いや、なにもねえよ。あまりにきれいな人だったから、びっくりしちまっただけだ」

「本当におきれいですよねえ」

「歳は」

「あれで二十六ときいております」

「へえ、もっと若いのかと思った」

「どなたもそうおっしゃいます」

旦那、と勇七が呼びかけてきた。

「そろそろ仕事に戻らないと」

そうだったな、と文之介は点頭した。

「それじゃあ、仏さんのこと、くれぐれも頼んだぞ」

「承知いたしました」

町役人の力強い声を耳にして、文之介は足を踏みだした。

町役人に一礼してから、勇七が文之介のあとにつく。

「しかし勇七、明倫先生はきれいだったな」

文之介は歩を運びつついった。

「ええ、そうですね」

勇七がぼそりと答える。

「相変わらず愛想のねえ野郎だな。明倫先生に興味はねえのか」

「ありませんよ」

勇七があっさりと答える。

「どうして」

「どうしてって、旦那はあるんですかい」

「あるな」

「まだ一緒になって間もないのに、お春ちゃんが悲しみますよ」

「あの先生に対して、よこしまな気持ちなんて抱いちゃいねえよ。何者かなあって単純に思っただけだ」

「医者とのことでしたけど、明倫先生にはなにか裏があると考えているんですかい」

「裏か」

文之介は腕組みをした。

「別に、そこまで深く考えているわけじゃねえんだ。なにか引っかかるものがあるなあ、その程度のものだ」

「さいですかい」

勇七が思慮深げな表情になる。

「旦那の勘はよく当たりますからねえ」

「それでも百発百中というわけにはいかねえからな」

文之介は足をとめ、勇七が肩を並べるのを待った。

「さて、あの仏の身許調べだ。旅籠を当たるにしても、深川のこの近辺にあったかな」

文之介は歩を運びつつ見まわした。

「見かけたこと、ねえぞ」

さいですねえ、と勇七がうなずく。

「江戸で旅籠といえば、日本橋馬喰町《にほんばしばくろちょう》と相場が決まっていますからね」

「そうだな。なにしろ八十軒もの旅籠があるというからな」

その半数ばかりは公事宿《くじやど》といわれている。公事というのは、土地の境目の争いや家督に関するもめ事、奉公人と主家との諍《いさか》い、不義密通に関すること、金をめぐる悶着《もんちゃく》などを御上《おかみ》に訴え出て、裁きをくだしてもらうことを指す。

公事は勘定《かんじょう》奉行や寺社《じしゃ》奉行、町奉行などが裁くが、落着するまでかなりの時間がかかる。そのために地方から江戸に出てきて訴えた者、訴えられた者が逗留《とうりゅう》する場所が必要になってくる。その者たちが、御上の裁きがくだるまでに泊まる宿が公事宿である。

公事宿自体、公事が長引くのを憐《あわ》れんで、あいだに入って仲裁することも珍しくなかった。

「旦那、馬喰町の隣の横山町《よこやまちょう》には、様々な問屋がずらりと並んでいますね。あれはどうしてなのか、知っていますかい」

文之介はぎろりと勇七をにらみつけた。勇七が恐縮する。

「ああ、すみません。こんなときにくだらないことをきいちまって」

「そんなことじゃねえよ。勇七が、俺が知らねえって思っていることが、気に食わねえだけだ」

「じゃあ、横山町に問屋がかたまっているわけを、旦那は知っているんですかい」

「ああ、なめちゃいけねえ。ちっちゃい頃、父上にきかされたからな」

「へえ、昔のことなんでしょう。よく覚えていますねえ」

「まあな。ちっちゃい頃に覚えたことは頭からなかなか消えねえものだな。三つ子の魂百までも、というのはこういうことをいうのかな」

「ちがいます」

勇七がきっぱりと告げた。

「それは三つになるくらいまでに培った性格や習慣などは、年寄りになっても変わらないということです」

文之介はまじまじと勇七を見た。

「おめえ、物知りだな」

「それほどでもありません」

勇七がまじめくさっていう。

文之介は、うんうんと首を上下にしきりに動かした。

「確かに、勇七の篤実《とくじつ》さ、律儀さってのはちっちゃい頃からぜんぜん変わらねえものなあ。三つ子の魂百までも、か。そのことわざは合ってるな」

「旦那だって変わりませんよ。ちっちゃい頃から人に親切で、明るかったですからね。おみちばあさんが永代橋で苦しんでいるのを見抜いたのは、あれだけ大勢の人がいたなかで、旦那だけだったんじゃないですかい。あれも、旦那が幼い頃とまったく変わっていないからこそでしょう」

「そんなこともねえだろうがよ」

文之介は鼻の下を指でかいた。

「なんにしろ、ほめてもらうのは、うれしいこったぜ」

勇七が思いついたような顔つきをした。

「そういえば旦那は、地方から出てきて道に迷った人を放っておけずに、よく道案内を買って出ていましたねえ」

「切絵図を手に、方向がわからなくなって泣きだしそうになっている人たちを、ほったらかしにしておくわけにはいかねえだろう。実際のところ、あれで江戸の道を覚えたっていうこともあるんだ」

へえ、と勇七が感嘆の声を発する。

「そんなことを考えていたんですか。この歳まで初耳でしたよ。旦那は意外に知恵者なんですね」

「意外は余計だ」

「迷子を、無事に家まで送り届けたこともありましたねえ」

「あったなあ」

文之介は大きく顎を引いた。

「あれは、二度とも家を探すのに苦労したよなあ。帰るこっちが迷子になりそうだったもの」

迷子は、迷いこんだその町の者が面倒を見ると決まっており、実際に江戸の者たちはその決まりをしっかりと守っているから、迷子が飢えるようなことは決してないが、やはり親元で暮らすのが一番だろうということで、幼い文之介は勇七とともに力を尽くしたのである。

「今頃どうしているかなあ。二人とも元気にしていればいいなあ」

いま道ですれちがったところで、もう十数年も前のことだから、面変《おもが》わりしていてわからないかもしれないが、会ってみたいという気持ちは、ときどき切ないほどわきあがってくる。

「それよりも――」

文之介は勇七に顔を振り向けた。

「横山町のことだったな」

「さいですよ」

文之介は軽く咳払いした。

「もともと地方から江戸に出てきた商人たちが馬喰町の旅籠に泊まり、その宿に仕入れたい品物を問屋の者に持ってこさせていろいろと見繕《みつくろ》っていたが、そういうことならばと、隣町に問屋をつくってしまったほうがはやいということになって、横山町に多くの問屋が軒を並べるようになったんだ。——どうだ、ちがうか、勇七」

勇七がやわらかな笑みを浮かべる。

「あっしも、そういうふうに耳にしていますよ」

「なら正解だな」

「ええ。それで旦那、今は馬喰町に向かっているんですかい」

「そうだ。縄張ちがいだが、仕方あるめえ。さっき勇七もいったが、やっぱり旅籠といえば馬喰町だろうからな。深川からだって、さして遠くねえ。五重塔の縫いこみを背負っていた仏も、きっとにぎやかなあの町に泊まっていたにちげえねえよ」

「あっしもそう思います」

「勇七が同じように思ってくれるのは、心強いな」

勇七が静かに首を振る。

「あっしなんか関係ありませんよ。旦那の勘がよく当たるってことですから。それはご隠居譲りってことなんでしょうね」

勇七が文之介の横顔を見つめる。

「ご隠居譲りというのは、気に入りませんかい」

「別に。なにも思っちゃいねえよ」

「だったら、どうして頬をふくらませているんですかい」

「ふくらませてなんか、いやしねえ」

「わかりましたよ。あっしはもうご隠居のことは、口にしません」

「俺はそんなこたぁ、一言もいってねえぞ」

「にゅっと口を突きだしているその顔は、いってるも同然ですよ。まったく、旦那はいつまでも昔のままですねえ。ちっとも変わりゃあしねえ」

文之介はにっと笑ってみせた。

「勇七、ことわざってのは、まことをついているのがわかるってもんだろう」

勇七が笑い返す。

「はい、ほんとですねえ」

五

さすがに八十軒からの旅籠がある町というだけのことはあり、おびただしい人が行きかっている。

一目で地方から出てきたと知れる者たちが、建ち並ぶ宿から次から次へと吐きだされてくる。

もっとも、この者たちはゆっくりと朝をすごしていたのだろう。他の宿泊客たちは朝餉もそこそこに宿を飛びだし、江戸見物に走ったにちがいないのだ。

江戸に住む者たちの関心はお伊勢《いせ》参りで、死ぬまでに一度行ってみたいと誰もが願っているが、地方の者たちの夢は、江戸見物をすることなのだ。

江戸というのは、将軍さまのお膝元で、誰もが憬《あこが》れる日本の中心なのである。

「さすがにすごい数だな」

ずらりと旅籠が軒を連ねている。

「臆《おく》しましたかい」

勇七がにやりと笑いかけてくる。

「そんなこと、あるもんかい」

文之介は風を切って歩きだした。笑みを満面に浮かべて、勇七が続く。

旅籠を当たる前に、しておかなければならないことがあった。日本橋界隈《かいわい》は自分の縄張ではない。先輩同心のものだ。

町廻りをしているだろうから、今ここで姿を見つけるのはむずかしい。自身番に寄り、邪魔をさせてもらう旨を町役人に告げておけば、とりあえずは事足りる。町役人が、文之介が探索に来たことを伝えてくれるはずなのだ。

町奉行所に帰ったら、あらためて縄張に足を踏みこませてもらったことを感謝の意とともに知らせれば、それで十分だ。とにかく無断で縄張に入りこみ、荒らすような真似をしなければいい。

文之介と勇七は、馬喰町の自身番に向かった。先輩同心が茶でも飲んでいたら話は早かったが、そういうわけにはいかなかった。自身番に詰めていたのは、町の者が三人だけだった。

自身番の定員は五人だが、昼間は少なくなり、二、三人というところが多い。夜間、町衆に火の用心を呼びかけることが大事な役目になっており、そのときは五人が詰めている。

通常、自身番に詰めているのは、町の家主と、持ちまわりの番がやってきた町の者ということが多い。町役人が詰めていることも少なくない。

文之介は、家主の一人に、町の旅籠を残らず当たらせてもらうと告げた。

「この男の身許を洗うつもりだ」

文之介は、女医者の明倫が描いた人相書を見せた。

「どうやら上方からやってきたらしいんでな」

「はい、わかりました」

日本橋界隈を担当しているのは、岩田《いわた》兵庫助《ひょうごのすけ》という五十半ばの同心である。江戸の中心、ひいては日の本の国の中心である日本橋をまかされている男だ、剣の腕も立ち、探索の力もすばらしいものがある。

丈右衛門と同じ歳の頃であるのにいまだに引退しないのは、跡取りがまだ八つと幼いことに加え、足腰に衰えはなく、なにより仕事がおもしろくてならないからだろう。毎日、生き生きしているのがその証拠だ。天職としてこの仕事に励んでいるから、疲れなどほとんど残らないのではないか。

天職に巡り合った人はうらやましい。人生が輝いているだろう。

自分はこの仕事が天職なのか。今はまだわからないが、子ができて隠居する頃になれば、きっとそういうふうに思えているにちがいなかった。

文之介は家主に向かって言葉を続けた。

「岩田さまが見えたら、御牧文之介がそういっていたと、よろしく伝えてくれ。頼んだぞ」

承知いたしました、と家主がていねいに頭を下げる。

「では、これでな」

「お茶でもいかがですか」

「ありがとう。また今度、いただこう」

文之介と勇七は自身番を出た。

馬喰町の旅籠を、死者の人相書を手にさっそく一軒ずつ当たりはじめた。なかなか当たりを引けなかったが、三十三軒目の旅籠で、ついに殺された男が逗留していた旅籠を見つけた。

道に面した二階建ての細長い造りだ。風雨にさらされた連子窓《れんじまど》は、枯れ葉色にくすんでいる。

入口に玉虫の羽を思わせる虫襖《むしあお》色の暖簾《のれん》がかかり、箒《ほうき》と桶《おけ》を手にした奉公人が朝日を浴びてあわただしく出入りしている。

摂津屋《せっつや》という看板が横に突きだし、旅籠と記された看板も大きく掲げられていた。看板はまだ真新しく、日の光を白く弾いている。

「あれ」

文之介は首をひねった。

「以前、ここは北村屋《きたむらや》という旅籠だったんじゃねえかなあ」

「あっしも、そうじゃねえかって思っていたんですよ」

「そうだよな。二年くらい前だったか、なにかの事件の折りに、ききこみに来たことがあったなあ」

「あれは、窃盗でしたね。やはり上方からやってきた連中が北村屋を根城《ねじろ》にして、盗みを重ねていたんですよ」

そうだったな、と文之介はいった。

「北村屋は公事宿でもねえ、ただの平宿だったな。ここも公事宿の看板を掲げていねえから、同じかな。しかし、いつの間にか別の旅籠に変わっちまっているなんてなあ。跡取りがいなかったのかもしれねえが、繁盛しているように見えても、やっぱりいろいろあるんだろうな」

文之介は、忙しいところをすまねえが、と桶を手にした若い男の奉公人に声をかけた。

「はい、なんでございましょう」

町方役人を前に、奉公人は少し緊張している様子だ。頬がこわばり、背筋がぴんと伸びている。気づいて、桶を路面に置いた。汚れた水が半分ほど入っていた。

「ちょっと、この男のことで話をききてえんだ」

文之介は人相書を取りだし、奉公人によく見えるようにした。

「この男が泊まっていなかったか」

奉公人がまじまじと見る。

「ええ、泊まっていらっしゃいました」

あまりにあっさりといったので、文之介は耳を疑った。勢いこんできく。

「まちがいねえか」

「はい、梅蔵《うめぞう》さんだと思います」

奉公人が冷静に答える。

名がわかっただけにすぎないのに、なにかとても大きな収穫を手にしたような気がして、文之介は体の奥から力がわいてきた。

「宿帳を見せてもらえるか」

逸《はや》る気持ちを抑え、文之介は落ち着いていった。

「はい、承知いたしました。いま番頭さんを呼んでまいります。こちらにお入りになってください」

奉公人が手のひらを上に向けて、文之介たちを招く。

暖簾の向こう側は土間になっていた。一畳ほどの大きさのある平たい沓脱石《くつぬぎいし》が置かれ、その先に一段あがった板の間が見えている。右手に二階にあがる階段があり、正面は白い障子がめぐった部屋になっていた。そこも客座敷だろう。左側は厨房《ちゅうぼう》で、三つのかまどがしつらえてあった。以前見た光景とすぐに重なってきた。やはりまちがいない。

奉公人がすぐに番頭を連れてきた。番頭は、四十絡みで、いかにも世慣れたような顔つきをしている。白さが際立つ宿帳を手にしていた。

「お役目ご苦労さまにございます。どうぞ、こちらに」

紀左衛門《きざえもん》と名乗った番頭は、文之介たちをあがらせようとした。

「いや、ここでいい」

文之介は、板の間の端に腰を預けた。勇七は立ったままだ。座れといってもきかないから、文之介もなにもいわない。

こちらでございます、といって紀左衛門が宿帳を文之介に見せた。すでに梅蔵のところがひらいてある。

「すまねえな」

文之介は手に取り、勇七にもよく見えるようにした。

むっ。梅蔵の住所を目にして、文之介は顔をしかめた。

「勇七、この字はなんて読むんだ」

こそっと耳打ちした。

勇七が申しわけなさそうに首を振る。

「すみません、あっしにもわかりません」

「靭本町《うつぼほんまち》のことですか」

番頭の紀左衛門が気を利かせていう。

「えっ、この字はうつぼって読むのか」

「はい、さようです」

紀左衛門が深くうなずいた。

「でも八丁堀の旦那、この靭というのはもともとお武家が用いていた言葉なんでございますよ」

「ほう、どういうことだい」

文之介は興味を惹《ひ》かれてきいた。

「靭というのは、矢を携帯する筒のような入れ物のことを指すのでございます」

「鰕《えびら》のことか、へえ、そうなのか。初耳だ。最近は初耳が多いな」

文之介は紀左衛門を見あげた。

「海に住むうつぼは、この字なのか」

「いえ、うつぼは平仮名のままのようにございます。こんな字を当てたりするようにもございますが」

紀左衛門が宙に字を書く。

「こういう字か」

文之介も紀左衛門にならい、鱓という文字を描いた。

「うお偏に蟬《せみ》みてえな字だな」

「さようにございます。もっともこの字は、うみへびとも読ませるようにございます」

へえ、と文之介は感心した。勇七も、すごいなあ、という顔をしている。

「おめえ、ずいぶんと物知りだな」

「畏《おそ》れ入ります」

文之介は顎をなでた。剃り残したひげが触れ、ぷちっと抜いた。痛かったが、声はださなかった。

「とにかく梅蔵は、大坂の靭本町からやってきたんだな」

「さようにございます」

「いつ梅蔵はここに来たんだ」

「あの、八丁堀の旦那、その前によろしいでしょうか」

「梅蔵がどうしたのか、きいてえんだな」

文之介は先んじていった。

「死んだ。殺されたんだ」

ええっ、と紀左衛門がのけぞる。そばにいた若い奉公人も同じだ。

「いつどこで……いったい誰に」

「川向こうで殺されたんだ。下手人はまだわかっちゃいねえ」

文之介は紀左衛門を見つめた。勇七もじっと見ている。

「それで、梅蔵はいつここにやってきたんだ」

「ああ、それでしたらこちらに」

我に返ったような紀左衛門が宿帳を指す。

宿帳には、梅蔵が五日前に投宿した旨が記されていた。

「梅蔵はいつまで江戸にいる予定だった」

「それがお決まりになっていないようでございました」

「どういうことだい。金をたっぷりと持っているにしても、宿代だって決して安くねえだろうに」

文之介は巾着のなかの三十両ばかりの金を思いだした。

「人を探しにいらしたとのことでございました。とりあえず、十日分を先払いでいただきました」

旅籠には泊まったことがないからはっきりと知らないが、一泊の代金だって三百から四百文くらいはするだろう。以前、一両は四千文ということになっていたが、諸式の値上がりがあって、今はだいたい六千文くらいとみておいたほうがいい。

それでも、十日分の前払いというのはすごい。庶民ではそうそうできることではない。

「誰を探していたんだ」

文之介は紀左衛門に問うた。

「それが、手前どもには明かされませんでした」

そうかい、と文之介はいった。

「じゃあ、梅蔵は毎日、外に出ていたのか」

「はい、朝早くから」

「夜はちゃんと戻っていたのか」

「はい。でも、いつも遅くまで出ていらっしゃいました。帰りはいつも四つ近くでございました。疲れ切ったお顔を拝見するのが、辛《つろ》うございました」

「それだけ必死だったということか」

文之介はまた顎に触れた。今度はひげにさわらなかった。

「梅蔵はどこそこに行くと告げて、この宿を出ていってたのか」

「いえ、そのようなことは一切おっしゃいませんでした。ただ、おとといは深川の道のことをきかれましたので、ああ、今日は深川のほうに行かれるんだなあ、と手前は思ったりいたしました」

「昨日、梅蔵はどうしていた」

「いつもと同じように朝早く出ていかれました。道をきかれるようなことはございませんでした」

「戻ってこなくてどう思った」

「もちろん、どうされたのか、と心配しておりました。ただ、お客さまのなかには悪所にしけこんで、いえ、いらっしゃって、朝帰りというお方も珍しくありません。梅蔵さんがそういうところに行かれたかどうかはわかりませんが、あるいは探し人が見つかったのではないか、とも考えたりしておりました」

そうかい、と文之介は相づちを打った。

「おととい、道をきかれたのは、深川のどのあたりのことだったんだ」

「富岡八幡宮《とみおかはちまんぐう》にございます」

富岡八幡宮は、梅蔵の死骸が見つかった東平野町のすぐ近くだ。

紀左衛門が続ける。

「手前どもは、道案内のために江戸の名所と呼ばれるだけの場所はできるだけ覚えております。深川もそう何度も足を運んだわけではございませんが、富岡八幡宮ならば、説明できます」

富岡八幡宮は深川の八幡さまと呼ばれ、江戸で最も大きい八幡として知られている。創建は寛永《かんえい》四年（一六二七）、三代将軍家光のときである。

永代島という砂州《さす》を埋め立て、できあがった六万坪を超える広大な土地につくられたのだ。徳川将軍家の崇拝は厚く、江戸庶民の信仰も深く集めている。

もともとの本宮は、相模《さがみ》で風光明媚《ふうこうめいび》な地として知られる金沢にある富岡八幡宮から分霊されたのだ。

文之介は耳にした覚えがある。深川の富岡八幡宮は、相模から分霊されたのだと、

「梅蔵の探し人は、八幡さまの近くにいるってことなのかな」

文之介は独りごち、紀左衛門に目を当てた。

「梅蔵の荷物はあるのか」

「ございます」

紀左衛門が案内する。

文之介たちが足を踏み入れたのは、二階の障子がめぐっている部屋だった。

「こちらにございます」

紀左衛門が示したのは、小さな旅行李《たびごうり》が一つだった。

「これだけか」

「身軽なものにございますな」

文之介は行李をあけて、なかを見た。

着物、道中差《どうちゆうざし》、矢立、手ぬぐい、丸薬、付木《つけぎ》、髪結い道具、合羽、弁当箱、提灯、ろうそくなどが入っていた。

「けっこう少ないな。旅慣れているのかな」

文之介はつぶやいた。勇七も首を縦に振っている。旅にあまり出たことのない者は、旅の指南書などに頼り、多くの荷物を持ってゆきがちである。

それが梅蔵にはない。

「梅蔵は人を探していたとおまえさんはいったが、人相書を持ってはいなかったのか」

「はい、お持ちではありませんでした」

人を探すのなら、人相書があったほうがずっとはかどる。梅蔵がそれをしなかったというのはどういうことなのか。

文之介の頭に浮かんだのは、探している者の顔を、梅蔵はあまり人に知られたくなかったということなのではないかということだ。

とにかく梅蔵はこの宿を足場に、人を探しまわっていた。

だが、その前に殺された。探している者に殺されたのか、それとも、探し人を探しだされては困る者に殺《や》られたのか。

もっと別の理由か。

行李に道中手形は見当たらない。

もっとも、手形はなくても旅はできる。たとえば箱根関所を江戸に向かって越えるとき、その前の宿場である三島宿《みしまじゆく》の旅籠の主人が請人《うけにん》になって、手形をだしてくれることもあるからだ。それなりに口銭はかかるらしいが、思い立ったときに旅に出るのには、このやり方は好都合だろう。

勇七が文之介をじっと見ている。

次はどうしますかい、と瞳が語っていた。

次か、と文之介は考えこんだ。深川に戻り、梅蔵が誰を探していたか、それを調べあげることしかあるまい。

第二章　大人《たいじん》の風あり

一

割はいい。

よすぎるくらいだ。

なにしろ、用心棒代が一日一両だというのだから。

侍たる者、金勘定など卑《いや》しむべきことなのだろうが、半九郎《はんくろう》は自然にやに下がってしまう。

この仕事に入って、つまりは五両、もう稼いだことになる。

このまま一月ずっとということになったら、いったいどうなってしまうのだろう。

これまで見たことのない大金が転がりこむことになる。

心配なのは、後金なので取りはぐれることだが、ここ大平屋《おおひらや》は相当の繁盛店だから、ないそのあたりはおそらく大丈夫だろう。

大平屋は新しい。新大橋《しんおおはし》近くの深川《ふかがわ》八名川《やながわ》町《ちよう》にできて、まだ半月ほどしかたっていない。

あるじが京の本店から暖簾分けされて、江戸ではじめた店である。店自体の構えは幾分か小さいが、奉公人たちはみな張り切っている。誰もが生き生きとし、やる気がみなぎっていた。

初日にじっくりと店の様子を見せてもらったのだが、商《あきな》いは明らかに順調である。呉服を扱っているが、色や柄がよそとはかなり異なるらしく、新し物好きの江戸者の心をあっという間につかんだようだ。

客が引きも切らない。来る客、出る客で、暖簾の休まる暇がない。そのうち暖簾はもっと大きくなり、紐《ひも》で固定されるようになるのだろう。

客のほとんどは女だ。着ているものからして富裕な感じのする者ばかりで、武家も少なくない。

五十畳はあると思える広々とした畳敷きの間に、二十組以上の客が常に入っているのではあるまいか。

番頭や手代と楽しげに話をかわし、品物を選んでいるのだ。

反物《たんもの》はすさまじい数が、広間の背後の棚におさめられている。そこから、奉公人たちがその客に合った色と柄の反物を選びだし、丹念に説明して、気持ちよく買ってもらっている。

このあたりは、それぞれの客のまとう雰囲気を見抜く目が必要なのだろう。本当に合うものを見つけだし、それが客の求めにぴったりと合致するものだったら、瞳の輝きがなによりちがうのだ。

半九郎は茶を喫した。先ほど店の者が持ってきてくれたものだ。

大平屋も他の上方からやってきて江戸で商売を営んでいる店と同様、女は一人も置いていない。

奉公人はすべて男である。茶を持ってきてくれたのもむろん男の奉公人だ。台所で食事をつくるのも男たちの役目である。

濃くて、やや渋みの強い茶だが、半九郎の好みに合っている。このあたりも、店の者が見抜いたなどということはないだろうか。

茶は冷めてしまっていたが、渇いた喉を潤すのには、ちょうどよかった。口のなかがさっぱりし、気持ちもすっきりした。

半九郎は茶托《ちゃたく》に湯飲みを戻した。

ごろりと横になる。

昨日までの五日間、半九郎はなにもすることがなかった。ただ、与えられたこの六畳間で食事をし、ごろごろしていただけだ。

天井の模様も三方の襖の絵柄も、すべて覚えてしまった。そのくらい、なにもすることがなかった。

きっと今日も同じなのではないか。

もともと怠け者を自覚している半九郎としては、そうあってほしかった。しかし、このままで終わるはずがなかった。

一日一両という、割がよすぎるくらいの仕事である。なにも起きない仕事だったら、高給を支払う意味がない。

これからなにかきっと起きる。

気を引き締めなければならなかった。

半九郎は起きあがり、かたわらに置いてある刀を引き寄せて、目釘《めくぎ》をあらためた。

うむ、よかろう。

満足して、刀を鞘《さや》におさめた。

いま何刻《なんどき》なのか。先ほど朝餉を食したばかりである。

まだ五つにはなっていないだろう。

奈津《なつ》はどうしているのか。男の子が生まれたばかりだ。名は誠一郎《せいいちろう》。

目に入れても痛くないという言葉の意味を、半九郎は初めて解せた。本当にその通りだ、という実感がある。

二人とも元気にしているだろうか。なにかあったら、必ずつなぎをくれるようにいってある。

奈津がなにもいってこないということは、なにも起きていないということだろう。平穏の証だ。

気がかりは、最近、長屋の隣の店に越してきた研五郎《けんごろう》という年寄りだ。人品骨柄《じんぴんこつがら》はいやしくなく、むしろどうして半九郎たちが住む裏店《うらだな》などに住みはじめたのか、不思議なくらいだが、なにかこちらの様子をうかがっているような気がしてならなかった。

大平屋での仕事をなじみの口入屋《くちいれや》から紹介されたとき、半九郎は躊躇《ちゅうちょ》した。長屋に奈津と誠一郎だけにすることに、強い不安を覚えた。

ためらう半九郎の後押しをしたのが、ほかならぬ奈津だった。私たちは大丈夫だから、といったのだ。

今は、あの助言にしたがってよかったと心から思っている。この仕事が無事に終わったら、食事に連れていってやろう。贈り物もいい。ここで夏の着物を仕立ててもらうというのはどうだろうか。

半九郎は袂から折れた割り箸を取りだし、見つめた。どこの店でも使っている、なんの変哲もない割り箸である。

果たして、こいつを使うときがくるだろうか。ないほうがいいのは決まっているが。

半九郎の思案の殻《から》を破って、廊下を渡ってくる音がした。

すでにきき慣れた足音で、それが誰か確かめるまでもなかった。

「里村《さとむら》さま」

足音が部屋の前でとまり、若い男が呼びかけてきた。

半九郎は襖に目を向けた。

失礼いたします、と襖がゆっくりと横に動いてゆく。

垂れ目で、いかにも人のよさそうな与之吉《よのきち》の顔があらわれた。

「平田《ひらた》潮之助《うしおのすけ》さまがお呼びにございます」

先ほど茶を持ってきてくれたのも、与之吉である。

「ほう、なに用かな」

大平屋のあるじに紹介されて以来、呼ばれるのは初めてだ。大平屋では平田潮之助という人物を預かっている。誰から預けられたのか、半九郎は知らない。

とにかく、この平田潮之助を守ることこそ、半九郎に与えられた仕事である。

「さあ、わかりかねます」

与之吉がすまなそうに首をひねる。

「そうか。とにかく行ってみよう」

半九郎は割り箸を袂に落としこんだ。

「あの、里村さま。その割り箸はなんでございますか。折れているようにお見受けいたしましたが」

「ちょっとしたものだ。別にたいした意味はない」

「それにしては、大事にされているなあ、と思いまして」

「さして大事になどしておらぬ。与之吉どの、さあ、行こう」

刀を手にした半九郎は、与之吉に先導されて廊下を進んだ。潮之助がいるのは、廊下の突き当たりの部屋だ。

半九郎の部屋からおよそ五間といったところか。いざというとき、駆けつけるのにやや微妙な距離だが、部屋が今のところしか空いていないといわれた以上、了解するしかない。

「失礼いたします」

与之吉が襖に向かって声を発する。

「いらしてくれたかかな」

やわらかな声音が返ってきた。江戸の言葉とは抑揚がちがう。

上方の者ではないか、と半九郎は踏んでいる。

わかるのはそこまでだ。上方のどこの出かはわからない。上方の言葉は江戸の者がきけばすべて一緒だが、国や町ごとに異なるのだそうだ。

もっとも、この店の者のほとんどすべてが上方の者である。

半九郎は部屋に招き入れられた。新しい畳の香りに、搦《から》め捕られるように包まれる。畳の花というものがあるのなら、まるでこの部屋のなかで咲き乱れているかのように、匂い立っている。

こちらは広く、十畳間である。潮之助一人に、この部屋があてがわれている。

潮之助は、さすがにこの広さを持て余しているようだ。

「申しわけない、お呼び立てしたりして」

正座した潮之助が深く頭を下げる。

「いえ、とんでもない」

半九郎は潮之助の向かいに座り、刀を右側に置いた。

「お呼び立てしたのはほかでもない」

そういったものの、潮之助は扉を閉ざしたように黙りこんだ。

半九郎は黙って待った。

角張った顔に、眉はつりあがり、おたまじゃくしのような目は逆に柔和に垂れ下がっている。鼻はさほど高くなく、口元には常に笑みがたたえられている。広々とした額に聡明《そうめい》さがあらわれ、耳はやや小さい。この男には福耳こそがふさわしいが、残念ながらそうではない。

ややふっくらとした体つきをしており、驚くほどなで肩だ。

歳は四十半ばというところか。

重い傷を負ったことがあるのか、歩くときに右足を引きずる。正座をしていても、少し痛々しい。

膝を崩すようにいっても、かぶりを振るだけだ。

腰には、黒い柄《つか》の質素な拵《こしら》えの脇差を差している。抜いたところを見てはいないが、抜き身が相当の業物《わざもの》であるのは、まずまちがいない。

武家であるのは疑いようがなかった。だが、肝心の刀は持っていない。

これはどういうことなのか。

「実は頼み事がございまして」

不意に潮之助がいった。

「なんでしょう」

半九郎は潮之助を見た。

「それがし、この家に来ておよそ十日になりもうす」

そのことは、半九郎は大平屋のあるじからきいている。

「それ以来、一度たりとも他出をしておりませぬ」

「外に出たいのですか」

半九郎は先んじてきいた。

潮之助がにこにこする。

「はい、それはもう」

半九郎は、そばにいる与之吉に視線を転じた。

「いけません」

与之吉があわてていう。

「他出などもってのほかでございます」

「しかし、与之吉どの、退屈でならぬのだよ」

「それはよくわかりますが、旦那さまからもきつくいわれています」

与之吉が必死にいい募る。

「しかしな」

「駄目なものは駄目でございます」

若い与之吉に強くいわれて、潮之助が残念そうにうつむく。

「そうまでいわれては、あきらめるしかありませぬかな」

半九郎に顔を向けてきた。

半九郎は咳払いした。

「それがしとしても、雇い主の意思に逆らってまでして、平田どのを連れだすことはできませぬ」

「さようにござろうな」

潮之助は納得した顔だ。

「仕方あるまい。他出はあきらめることにいたしましょう。といいたいところだが、与之吉どの」

不意に呼びかける。

「はい」

与之吉は、きょとんとした馬のような顔をした。

「功右衛門《こうえもん》どのに話してみてはくれぬか」

功右衛門というのは、大平屋のあるじである。

「同じだと思いますが」

「それでも頼みたいのだよ」

「はあ」

「この通りだ」

潮之助が深々と頭を下げる。

「そんな、困ります」

与之吉が半九郎を見、すぐに戻ります、といい置いて部屋を出ていった。

潮之助が小さく首を振った。

「与之吉どのにすれば迷惑でしょうが、それがし、ほとほと退屈しきっているのでござるよ」

十日もこの座敷にいれば、そういうことになるのだろう。

「前にいたところでは、ここほど厳しくなかったのですが」

「前にいたところといわれると」

「ここと同じように、こうして閉じこめられていたところにござるよ」

間を置くことなく、半九郎は続けた。

「そこでも、それがしのような用心棒がついていたのでござるか」

「いや、おりませんでしたな。ここよりも伸びやかにござった」

「それがどうして、こちらに移ってきたのでござるか」

潮之助が首をひねる。

「なにか不都合が起きたとしか、それがしには思えませぬ」

「不都合にござるか」

「さよう。それがし、どうやら命を狙われているようにござる。自分のしてきたことを考えれば、それも無理はないと思えるのでござるが」

自分のしてきたこと、か。

「不都合というと、居場所がばれたということにござろうか」

「そういうことかもしれませぬ。十日前、とにかくあわただしくこちらに移ってまいりました」

「誰に狙われているのでござろうか」

「それは、功右衛門どのにおききになっているのでは」

半九郎は、いえ、と首を横に振った。

「この仕事を引き受ける際、どうして平田どのを警固するのか、ききましたが、あるじは答えませんでしたな」

「里村どのは、知らずに引き受けたのでござるか」

「世の中、知らぬほうがいいことが多いのは確かにござろう。むろん興は惹かれましたが、それ以上はききませんでした」

「欲のないお方だ。それでないと、人はいけぬ」

「欲はござる」

「ほう」

「平田どのとこうして話をしているだけで、なかなかの大金が懐に入りこんでくるのでござるよ」

潮之助が破顔する。

「それはよかった。といいたいところでござるが、やはりいいことばかりではないでしような。大金をだすということは、必ず裏があるにちがいありませんから」

「そのことは、それがしも重々承知しております」

半九郎は居ずまいを正した。

「して、どうして命を狙われているのでござるか」

「それがしのことを邪魔と思っている輩《やから》と、担ぎたいと思っている者がいるらしいのでござる」

「大平屋さんは担ぎたいと思っているほうにござるか」

潮之助が否定する。

「そうではござらぬ。功右衛門どのは、それがしをただ両者からかくまいたいと思っているだけにござる」

「かくまいたい……」

「それがしを静かに暮らさせたいと思っているのでござる」

潮之助が言葉を続ける。

「十日ばかり前までいたところも、同じでござった」

半九郎は、目の前の男をまじまじと見つめた。

「平田どのは侍でござろうが、どこでなにをされたのでござるか」

潮之助がゆったりとした笑みを見せる。

「それをお話ししていいものか」

「なりませんぞ」

甲高《かんだか》い声をあげて、座敷に入ってきた者があった。この店のあるじの功右衛門だ。うしろに与之吉がついている。

功右衛門が、半九郎の前にあわただしく正座する。

「里村さま、平田さまに関することは、おききにならぬというお約束だったはずにございます」

半九郎はにこりとした。

「すまぬ。失念していた」

「失念でございますか」

功右衛門が狭い額に深いしわを刻んで、疑わしそうにする。

「わかりました。でも里村さま、二度とおききになりませんように」

しっかりと釘を刺された。

「承知した」

半九郎は深くうなずいた。

功右衛門が潮之助に向き直る。

「大《おお》、いえ、平田さまも、他出などと、つまらないことをおっしゃいますな。危のうございます」

あわてていい直したが、大、とはいったいなんなのか。

本名は大がつくのか。平田潮之助というのは偽名なのか。

半九郎のなかでよりいっそう謎《なぞ》は深まったが、今のところ、それを解く鍵《かぎ》は見当たらなかった。

二

おとといの夜、刺殺された梅蔵に関する手がかりは今のところ、まったく得られていない。

わかっているのは、梅蔵が大坂靭本町の出であるということだけだ。

それなのに、どうして着物の裏地に八坂の塔の絵柄が縫いこんであったのか。

大坂と京。江戸を出たことのない文之介にはよくわからないが、近いことは近いのだろう。

勇七によると、ほんの十里ほどではないかということだ。

日帰りするのはさすがに厳しいが、ちょっと古都を見物してくるくらいなら、ちょうどよい。

その際、梅蔵も八坂の塔を見て大いに気に入り、裏地に縫いこむことを考えたのかもしれない。あるいは、はなから京の呉服屋で、ああいう図柄のものを売っていたのかもしれない。

とりあえず、八坂の塔のことを考えるのはよそう。

いま文之介は自らにいいきかせた。

文之介と勇七は、梅蔵が旅籠の摂津屋の者に道をきいたという富岡八幡宮の界隈を調べまわっている。

調べまわっているといっても、やることは一つで、梅蔵の人相書をさまざまな者に見せているだけだ。

今のところ、それ以外に有効な手立てがない。

もともと探索というのは、地道な作業の繰り返しだ。

文之介はこういう仕事は嫌いではない。好きかというと、さほどのものではないが、仕事をしているという気になる。

文之介と勇七は富岡八幡宮のまわりをしつこいほどにうろつきまわり、大勢の者に梅蔵の人相書を見せた。

「なかなか当たりを引けねえな」

文之介は太陽を見あげた。もう中天にかかろうとしている。

「じき昼だぜ」

「おなか、空きましたかい」

「まあな。これだけ歩きまわってりゃ、腹が減るのも当たり前だな」

「腹ごしらえしますかい」

文之介は腹を押さえた。

「そうだな」

文之介はあたりを見まわした。富岡八幡宮が近いだけあって、食い物屋はいくらでも目につく。

「なにかうまそうなものはねえかな」

江戸の常で、やはりどこに行っても蕎麦《そば》屋が多い。江戸の食い物屋のうち、二軒に一軒が蕎麦屋といわれるゆえんだ。

「そこに品川飯《しながわめし》というのを食べさせてくれる店がありますよ」

勇七が指さす先に、品川飯という看板が路上に置かれている。

「なんだ、品川飯って」

「あっしは知っていますよ。確か、しゃこがのってるんです」

「しゃこだって。深川なら、深川飯じゃねえのか」

深川飯は、江戸の海でとれるあさりを味噌汁《みそしる》に大量に入れ、それを惜しみなく丼飯《どんぶりめし》の上にのせたものだ。気短の漁師がご飯と汁物を同時に食するために、つくりだしたといわれている。

文之介の好物の一つだ。

「勇七は品川飯を食べたことがあるのか」

「いえ、きいたことがあるだけです」

「しゃこか。海老《えび》に足がたくさんついたような生き物だな」

「あれ、旦那、しゃこを食べたこと、ないんですかい」

「ああ、ねえよ」

「そりゃまた珍しいですね。目の前の海で、しゃこはたくさんとれるんですよ」

「へえ、そうなのか」

「入りますかい」

うん、と文之介は答えた。勇七が、風に揺れる暖簾を払う。

いらっしゃいませ。

土間に足を踏み入れた途端、威勢のいい声が浴びせられる。

「これは八丁堀の旦那、ようこそ」

厨房《ちゅうぼう》からいってきたのは、鉢巻をした若い男だ。

「どうぞ、そちらに」

奥の座敷を指し示す。文之介たちはその言葉にしたがった。

八畳間だ。土間に四つの長床几《ながしょうぎ》が置かれている。土間の右側には小上《こあ》がりが設けられている。

木の香りがしているのは、できてまだ間もないからだろう。

客はほかにいなかった。小女《こおんな》が茶を持ってきてくれた。

「ありがとう。品川飯を二つ、頼む」

「ありがとうございます」

小女が厨房に向かって注文を告げる。あいよ、と大きな声が返ってきた。

「ここはいつできたんだ」

文之介は小女にたずねた。

「一月ばかり前です」

「あれは旦那かい」

「いえ、兄です」

「ほう、兄妹でやっているのか」

文之介はじっと見た。目が細く、眉が短いが、鼻が高く、唇もいい形をしており、なかなかかわいい顔立ちをしている。

「でもどうして品川飯なんだ。おめえさんたち、品川の出か」

「いいえ、深川で生まれ育ちました」

小女がきっぱりという。

「だったらどうして」

「深川飯は、この界隈でもいくらでもやっています。ちょっと変わった色をだしたいと思って、以前、品川宿でいただいた品川飯をやってみようということになりました」

「じゃあ、深川飯も頼めば出てくるのか」

「はい、もちろんです」

小女が見つめてくる。

「八丁堀の旦那は品川飯を召しあがったことがありますか」

「いや、ねえんだ。こっちの渋い中間も同じだ」

小女がにっこりする。

「ほんと、渋いお兄さん」

「残念だが、こいつは女房持ちだ」

「あら、そうなんですか」

「ついでにいうと、俺もそうだ」

「ああ、さようですか」

勇七のときとはくらべものにならないほど、関心がなかった。こういうのはわかっているとはいえ、がくりとくる。

「少々お待ちくださいね」

小女が去ろうとする。

「あっ、ちょっと待った」

文之介は懐から梅蔵の人相書を取りだし、小女に見せた。

「この男、会ったことねえかい」

小女がじっとのぞきこむ。しばらくしてかぶりを振った。

「申しわけないですが」

「そうかい。手間をかけた」

「その人、どうかしたんですか」

顔つきからして小女はどういうことなのか、覚っているようだ。

「もしかして昨日、東平野町で見つかった人ですか」

そうだ、と文之介はいった。

「俺たちはいま下手人探しの真っ最中だ」

「ああ、さようでしたか」

小女の顔に憬れの色が浮かんだ。このあたりは、さすがに町奉行所の花形といわれるだけのことはある。

「下手人、見つかりそうですか」

「見つけるさ」

文之介は断言した。

「人を殺《あや》めるなんてことをしたやつは、必ず引っとらえる。これまで俺から逃れられたやつは、一人たりともいねえよ」

「へえ、そうなんですか。さすが八丁堀の旦那ですねえ」

おさよ、と厨房から声が飛んできた。

「できたよ」

「はい、いま行きます」

おさよと呼ばれた女が、小走りに走ってゆく。

「お待たせしました」

文之介たちのもとに、品川飯がもたらされた。

蓋《ふた》がされており、文之介はさっそく取ってみた。ふわりと魚介のにおいが広がり、鼻先を漂う。

丼をのぞきこむと、しゃこがたくさんのっている。甘辛い醬油で煮つけられているようだ。

箸でつまんで口に入れると、ほの甘いしゃこの味がまずやってきた。ぷりんと弾力のある歯応《はごた》えが伝わる。身を嚙み切ると、濃厚な甘みが口中に広がった。

ほっくりと炊けている飯を、しゃこと一緒にかきこむ。めしとしゃこの旨みがじんわりと重なり合う。のみこむのが、もったいないくらいだ。

「こいつはうめえ」

文之介は声をあげた。

勇七もしきりにうなずいている。

「すごいですねえ」

「こんなにうまいのに、どうして客の入りが悪いのかな」

「知られていないだけじゃないんですかね。それと、このあたりの人たちは、やはり深川飯のほうが好きってことになるんじゃないですかね」

「江戸っ子は新し物好きなんだから、こんなにうまいものがあるなら飛びつけばいいのに、意外に古くからあるものに執着するんだよなあ」

「まあ、気持ちはわからないでもないですがね。どうして深川で品川飯なんだと思う人が少なくないんじゃないですか」

そうかもな、と相づちを打って、文之介は箸を使い続けた。

「ああ、うまかった」

丼はものの見事にからだ。一粒のご飯も残っていない。品川飯がひじょうにうまかったこともあるが、百姓衆が大事に慈《いつく》しんで育てた米を、一粒たりとも無駄にはできないという思いが文之介には強い。

これは、父の丈右衛門の教えである。幼い頃からとにかく厳しくしつけられた。

ほぼ同時に食べ終えた文之介と勇七は、二人で笑い合った。

「俺たちはちっちゃい頃から、たいてい一緒に食べ終わるな」

「ええ、さいですね。昔っから、食べるはやさが同じなんですよね」

「気が合う二人だな」

勇七がにっとする。

「まったくで」

文之介はすっかり満ち足りた気分で、おさよが新たにいれてくれた茶を喫した。

「ああ、うめえ。うめえものを食べたあとって、どうしてこんなに幸せな気持ちになるのかなあ」

「それは、やっぱり旦那が食いしん坊だからじゃないですかい」

「食いしん坊っていうのは、いいな。だいたい日に三度、幸せになれる」

「ほんと、安上がりでいいですねえ」

「ああ、このままときがとまってくれたら、いうことねえのに」

「でもそんなことになったら、お春ちゃんに会えなくなりますよ」

「そうだな。そりゃ、俺にとっちゃあ一大事だ」

文之介は湯飲みを畳の上に戻した。

そのとき暖簾をはねあげて、ふらりと入ってきた男がいた。少し疲れたような顔をしている。浅黒く日焼けしており、それが男に精悍《せいかん》さを与えていた。

店のなかを見まわし、客の入りの悪さに一瞬、顔をしかめかけたが、文之介の黒羽織に気づき、軽く咳払いして雪駄を脱いで小上がりに座りこんだ。

「いらっしゃいませ」

おさよが明るく声をかける。

「看板に出ている品川飯ってやつをもらおうか」

「はい、承知いたしました」

おや、と文之介は思った。男の声は江戸の言葉ではない。上方の者が、無理に江戸弁を使おうとしているようだ。

同じことは勇七も感じたらしい。

文之介は立ちあがり、座敷を出て、男に近づいた。勇七がそっとうしろにつく。

男が文之介たちを見あげる。まともに目が合った。

「ちょっとききてえことがある」

いいか、と文之介は男の向かい側の席を指さした。

「はい、なんですかい」

男が静かにいう。いきなり町方の者に来られても、動じるところがない。

「おめえさん、上方の者かい」

「はい、さようです。よくおわかりになりましたね」

「言葉がまるっきりちがうからな。上方の者ですって、名札をつけて歩いているようなものだ」

「そうでしょうね。江戸の人が上方に来て、上方言葉を使っても、あっしらには丸わかりですからねえ」

「どうして上方言葉を使わねえんだ。上方の者は意固地《いこじ》と思えるくらい、江戸でも使うじゃねえか」

「あっしは別にこだわりはありませんから。郷に入っては郷に従う。こういうことわざもありますからね」

「いい心がけだな」

「それに、江戸の人にいろいろきかなきゃいけないんですよ。こういうとき上方の言葉を使うより、下手でも江戸弁を使ったほうが好ましい感じを持たれるでしょう」

「まあ、そうだろうな。上方言葉を使っても不親切になる者は江戸には一人もいねえといいてえところだが、実際にはそういうわけにはいかねえものな」

男が文之介を見つめる。

「それで八丁堀の旦那、おききになりたいことってなんですかい」

「そうだったな」

文之介は梅蔵の人相書を男に見せた。

「この男を知らねえか」

男が人相書に真剣な視線を当てる。

「知りませんねえ」

つぶやくようにいった。

「そうかい」

「この人、どうかしたんですかい」

「殺されたんだ」

「あらま。そら、たいへんやわ」

驚いて地が出たようだ。

「どうしてこの人は殺されはったんですか」

「それがわからねえ」

文之介は男にいった。

「人探しをしていたのは、確かなようだ」

「人探しですか。へえ、それならあっしとおな——」

男があわてて咳払いする。

「いえ、なんでもあらしまへん」

「おめえさんも人探しをしているのか」

「い、いえ、そ、そういうわけでは」

急に男がしどろもどろになる。

文之介はにらみつけた。勇七も横で厳しい目になる。

「誰を探しているんだ。しかも、この富岡八幡宮界隈で」

男がちらりと厨房のほうを見やる。

「あの、八丁堀の旦那、品川飯ができたようなんですけど」

厨房で、あるじとおさよの二人が不安そうにこちらを見ている。

「よし、わかった。いただきな。熱いうちのがずっとうまかろう。だが、食い終わったら、話をきかせてもらうぞ」

「わかりましたよ。かなわんなあ。江戸の人は怖いわあ」

品川飯がもたらされた。男が期待の目で蓋を取る。

「あれ」

丼をのぞきこんで頓狂《とんきょう》な声をあげた。

「どうした」

文之介はすかさずきいた。

「玉子とじじゃあらへん」

あるじが腰を曲げる。

「ああ、すみません。うちのは、しゃこの味をよくわかってもらうために、玉子は使っていないんですよ」

「そうでっかいな」

「早く食べてみな。すごくうめえから」

文之介は男に勧めた。

「はい、わかりました。でも、八丁堀の旦那たちに見つめられて食べるのは、ちょっとつらいものがありますね」

「じゃあ、離れていよう」

文之介は入口近くの長床几に腰をおろした。勇七はいつものように立ったままだ。

気づいて文之介は代を支払った。一杯二十四文だった。男の分も支払う。

「それにしても、安いな」

「ありがとうございます。一所懸命がんばっているんで」

「俺も、できるだけこの店のうまさを皆に伝えておくよ」

「よろしくお願いします」

あるじが頭を下げる。

「これからもがんばってくれ」

文之介はあるじの肩を叩いた。おさよがうれしそうにしている。

男が食べ終えて小上がりをおりた。

もう食べ終わったのか。ずいぶんとせっかちだな。

「こっちへ来てくれ」

文之介は声をかけた。

「はい」

ふくらんだ腹をなでさすりながら、男が近づいてきた。

「うまかったですわ。江戸にもまともな食い物があったんですね」

「そんなことを大声でいうと、おめえ、殺されるぞ」

男が肩をすくめる。

「人相書の人も、それで殺されたんじゃないんですか」

「そうかもな」

文之介は男を長床几に座らせた。

「すまねえが、ちとここを使わせてくれ」

あるじとおさよの二人に断った。

「ええ、どうぞ」

あるじとおさよは気を利かせて、厨房のなかに立った。

男が座ると、長床几はぎしという音を立てた。

「おめえ、名は」

文之介はさっそくたずねた。

「経五郎《つねごろう》といいます」

「歳は」

「三十三ですよ。女なら大厄《たいやく》ですね」

「出はどこだ。大坂か」

「はい、さようで」

「大坂のどこだ」

「旦那、大坂のことに詳しいんですか」

経五郎がきいてきた。

「いや、まったく知らねえ」

「そうですか。あっしは天満《てんま》というところですよ。生まれも育ちも天満です」

天満か、きいたことがあるな、と文之介は思った。勇七も首をかしげ、同じような表情をしている。

「それで、大坂の天満から誰を探しに来たんだ」

経五郎が上目遣いに文之介を見る。

「八丁堀の旦那、それはいわないとまずいんですか」

いや、と文之介はいった。

「別にいわずとも罪にはならねえ」

「でしたら、ご勘弁ください」

「探しているのに、その者の名をいえねえのか」

「ええ、ちょっとわけありでして」

「どんなわけだ」

「それもご勘弁ください」

「そうかい」

文之介は顎をなでさすった。今日は剃り残しはない。

「探しているのは男か」

「ええ、まあ」

そのくらいはいいだろうという感じで、経五郎がいった。

「大坂の者か」

「ええ、まあ」

同じ言葉を繰り返した。ふう、と盛大なため息をつく。

「できれば、早く見つけて連れ帰りたいんですよ」

本音を吐露したようにきこえた。

「おめえ、いつから江戸に来ているんだ」

「もう半月ばかりですかね」

額に手を当て、うつむく。疲れの色が濃く出ている。

「早く連れて帰らないと、ただ利用されるだけだからなあ」

力ない声で独りごちる。

「どういう意味だ」

文之介がいうと、経五郎がはっとして、顔をあげた。

「いえ、なんでもありません」

あくまでもとぼける気のようだ。

「探し人の人相書はあるのか」

「人相書はありません。手配書みたいなのなら、あります」

「それでいい。見せてみな」

「はい、わかりました」

経五郎が懐からしわくちゃになった紙を取りだす。

「これです」

文之介は受け取り、どれどれといって目を落とした。

「目、眉ともに細し。目垂れ、眉あがる。額広く、頬盛りあがり、唇ほどよく引き締める。でっぷりとし、大人の風あり」

ふむう、と文之介はうなった。

「これを手がかりに人を探しているのか」

「そうですよ」

「なかなか見つからねえだろう」

「ええ、まあ」

「おめえ、探し人の顔を知っているのか」

「ええ、存じてます」

「人相書を描けばいいだろう」

経五郎が苦い顔をする。

「あっしは絵が苦手なんですよ」

「得手に頼めばいいだろうが。江戸には絵師が多いぞ。絵師でなくとも、絵のうまい者など一杯いる」

文之介は、明倫という女医者の顔を思い浮かべた。近くに診療所を構えているから経五郎に紹介してもいいが、今は本業のほうが忙しいときだろう。

「いい人がいるんですか」

経五郎が文之介にきく。

「いるが、別の生業を持っているんで、ちと紹介はしにくいな」

「そうですか、わかりました。あっしのほうで絵師を探して頼んでみますわ」

文之介は強い目で経五郎を見た。

「八丁堀の旦那、どうしてそんな怖い顔をされるんですか」

「探し人だが、このあたりにいるのがわかっているのか」

「このあたりで見たという人に会ったものですから」

「探し人は、大坂から逃げだしたのか」

「逃げだしたというのとは、ちとちがいますかね」

文之介は少し考えてみた。勇七も思案している。

「連れだされたのか」

さすがだな、という瞳で経五郎が文之介を見る。

「ええ、そんな感じですね。無理矢理ではないですよ。大坂を逃れて、その人はとにかく江戸にやってきたんです」

経五郎が眉を寄せ、顔をしかめる。

「お役人に話しすぎかな」

小さな声でいった。

「かまわねえだろ。もっときかせてくれ」

経五郎が顔をあげた。小ずるそうな光が目に宿っている。そうですね、とため息をつくように口にする。

「ここまでいったんだから、もうついでですね。……あっしはこう口が軽いから、信用がねえんだろなあ」

経五郎が唇を湿らす。

「三年前、あっしの探し人は江戸に来たんです。あまり外に出ることもなかったでしょうけど、安穏な暮らしをしていたんです」

「うん。それで」

「つい最近、その人を預かっていた家の者が全員、風邪がもとで死んでしまったんです。

その家の者が全滅してしまったために、引き継ぎがうまくいかず、その人の行方がわからなくなってしまったんですよ」

「風邪で全員が死んだというのは、すさまじいな」

「ええ、もうびっくりですよ」

「探し人が一緒に死んでしまったというようなことはないか」

「あっしらも、いえ、あっしもそのことは考えて、心配していました。でも、どうやら無事であるのはわかったんです。ほっと一安心でしたが、行方が杳《よう》としてつかめないんです。変な連中にかどわかされたのでなければ、いいんですが」

それきり経五郎は口を閉じた。これ以上はもうなにもいわないというかたい意志が、文之介には見て取れた。

三

うつらうつらしていた。

船を漕《こ》いでいるのが自分でもわかった。

はっ、と目を覚ました半九郎は、自らの頭をぽかりと殴りつけた。

用心棒がなんてざまだ。

だされた朝餉を、遠慮することなくたっぷりと食した。その意地汚さがいけなかった。朝餉のあと、与えられている六畳間に引きあげ、壁にもたれて座りこんだら、眠気がやってきた。むろん、眠る気などさらさらなかったが、気持ちよさに誘われて、つい目を閉じた。それが、いつしかまどろみに変わっていた。

まったく、こんなのでは用心棒はつとまらんぞ。よく今まで生きてこられたものよ。用心棒という仕事に狎《な》れが出てきたのかもしれない。

こんなのでは、いつか守るべき者を殺されてしまうだろう。それでは用心棒としての信用はがた落ちになり、一気に暮らしに窮することになる。

用心棒は天職だと半九郎は思っている。この職を手放す気はない。そのためには、一度たりともへまを犯すわけにはいかない。

半九郎は目を思いきりひらいた。深く呼吸する。

こうすると、不思議なことに眠気が飛んでゆく。どういう体の仕組みなのか、わからないが、とにかく眠くなくなる。

不寝番をするときなど、この深い呼吸に何度も助けられた。

廊下をやってくる足音が耳に届いた。与之吉のものだろう。少しあわただしい。滅多に急ぐことのない男なのに、珍しいこともあるものだ。

「里村さま」

襖越しに呼びかけてくる。

半九郎が答えるのと、ほぼ同時に襖があいた。与之吉は血相を変えている。

「なにかな」

「どうした」

半九郎は驚いてたずねた。

「よもや平田どのの身になにかあったのではないか」

「いえ、平田さまにはなにもございません。今、書見をされています」

「それなら、どうしてそんなにあわてている」

「はい、本郷菊坂台町《ほんごうきくざかだいまち》の自身番から、使いがまいりました」

本郷菊坂台町は、半九郎たちが暮らしている町だ。

「会おう」

半九郎は刀を手に廊下に出た。住みかのある町の使いというなら、奈津がなにか知らせてよこしたにちがいない。

「こちらです」

与之吉が先導する。

悪いことでなければよいが。

半九郎は沓脱ぎの上に置かれていた店の草履《ぞうり》を借りて、裏庭に出た。ぐるりをめぐる塀に設けられた裏口の近くに、一人の若者が立っていた。

見覚えはない。半九郎は足早に若者に近寄った。

「里村半九郎だが、おぬしは」

「寛助《かんすけ》と申します。菊坂台町の自身番で小者をつとめております。どうぞ、お見知り置きを」

寛助という名にも心当たりはない。

「それで、なに用かな」

「はい、まずはこちらを」

寛助が着物の袂から一本の折れた割り箸を取りだした。

「これは、ご新造からいただいてまいりました」

半九郎も袂から取りだした。寛助のものとそっと合わせてみる。折れた部分がぴったり合った。

これは、半九郎がこの仕事に出るとき、割り箸を折って奈津に手渡したものだ。なにかつなぎが必要になって奈津が来られないときに、使いの者にこれを持たせるようにいったのだ。

半九郎は腕利きの用心棒として知られている。標的を狙う者は、半九郎をどこかよそにおびきだそうとするのではないか、という危惧《きぐ》を常に持っている。

半九郎は与之吉に割り箸を渡した。

与之吉が合点した顔になる。

「これは、符丁だったのですね」

「そうだ」

「さすがに里村さまほどになると、用心深いものでございますね」

ほとほと感心したようにいう。

「なに、たいした手ではないさ。――それでなに用かな」

半九郎はあらためて寛助にいった。はい、と寛助が小腰をかがめる。

「ご新造の奈津さまの伝言でございます。誠一郎が熱をだしました。玄担《げんたん》先生の診療所に連れてゆきます。時間があれば、あなたさまも来てください」

――誠一郎が熱をだした。

それをきいただけで、半九郎の胸は潰《つぶ》れそうだ。息を思い切り吸い、吐きだす。心が少し落ち着く。

「玄担先生の歳はいくつだ」

「えっ」

不意にきかれ、寛助が目を丸くする。

「はい。詳しくは存じませんが、五十をすぎたくらいではないかと」

「先生に連れ合いはいるか」

「はい、おります」

「名は」

「しのぶさまです」

「しのぶさんの歳は」

「先生よりだいぶお若いですね。まだ四十前ではないかと思います」

半九郎はさらにたずねた。

「玄担先生は、額に傷があるな。それはなんでこさえたか、知っているか」

寛助が目をみはる。

「玄担先生の額に傷など、ありましたか。手前は存じません」

そうか、と半九郎はいった。寛助のいう通りだ。玄担の額はきれいなもので、傷はおろか、しわ一本もない。

「すまなかった。ちとおぬしを試してみた」

「はあ、さようですか」

半九郎は寛助を見つめた。腹に力をこめる。

「せがれの熱はひどいのか」

「はい。ご新造が自身番に飛びこんでこられたとき、ご子息は真っ赤な顔をされていました。相当ひどい熱であるのは、まちがいありません」

そうか、と半九郎はいった。

「里村さま、行かれたほうがよろしいと思います」

与之吉が静かにいう。

「しかしな」

「旦那さまには手前が申しておきます。今すぐに行かれたほうが」

「いや、筋は通そう」

半九郎は沓脱ぎに戻り、草履を脱いだ。廊下を行く。

「旦那さまは手前が呼んでまいります」

与之吉が廊下を走っていった。

半九郎は、店の者が居住している奥と店を区切っている暖簾のそばまでやってきた。今日も店は繁盛している様子だ。人が大勢やってきているざわめきが大気を通じて伝わってくる。

暖簾がこちら側に払われる。あらわれたのは、この店のあるじの功右衛門である。かたわらに与之吉がついている。

功右衛門は、すでに了解している顔をしていた。

「お話は、与之吉よりうかがいました。ご子息が熱をだされたとのこと。ご心配でしょう。どうか、ご新造のもとへお越しになってください。ご新造も、きっと心細く思われているにちがいありません」

「よいのか」

はい、と功右衛門がうなずく。

「むろん、里村さまがいらっしゃらなくなることに、強い不安はございます。しかし、これまでなにもなかったのですから、今日も平気なのではないかと思います」

「そうか。ならば行かせてもらう」

半九郎は感謝の思いとともにいった。

「今日の仕事賃はいらぬ」

「いえ、そういうわけにはまいりません。払わせていただきます」

いらなかったが、押し問答をしているときではない。

「そうか。恩に着る」

半九郎は功右衛門と与之吉に一礼して、きびすを返した。

部屋に行き、身支度をととのえる。刀を腰に差す。

「よし、これでいい」

半九郎は沓脱石の上にある自分の雪駄を履いた。裏口に向かう。

「おや」

知らず声に出ていた。使いをつとめてくれた若者の姿がなかった。

用事は済んだとばかりにもう帰っていったのか。

そう思うしかない。

与之吉がそばに来ていた。

「では、行ってまいる」

「はい、お気をつけて」

半九郎は裏門を出て、走りだした。背後で与之吉が見送っている視線を感じ取ったが、振り返ることはなかった。

半刻近く駆けて、半九郎は菊坂台町までやってきた。

息はさしてあがっていないが、少し胸が苦しい。

ここ最近、せがれかわいさに誠一郎のそばを離れることがほとんどなかった。そのために、あまり体を鍛えていなかった。そのつけがまわってきたのだろう。

鍛え直さんといかんな、と自らにいいきかせ、足を速める。

長屋に足が向きかけたが、玄担の診療所に行くべきだと方向を転じた。

診療所は、半九郎たちの長屋から二町ほど西へくだったところにある。

一見、こぢんまりとした建物に見えるが、実際は奥が深い。鰻《うなぎ》の寝床といわれる類の家だ。

半九郎はあけ放たれた入口に立ち、なかをのぞきこんだ。

診療を待つ患者で今日も一杯である。

「おや、里村の旦那、おはようございます」

同じ長屋に住む平蔵《へいぞう》が明るい声をかけてきた。腕のいい錺《かざり》職人だが、酒好きが高じて肝の臓を悪くしている。

かなり長引いているのは、女房にも内緒でときおり酒をこそっと飲んでいるからだろう。玄担にもきつくいわれているが、あらためようとしない。

「おはよう」

半九郎は返した。

「里村の旦那、仕事は終わったんですか」

「いや、まだだが」

半九郎は敷居を越え、土間に立った。

「うちのやつは来ているか」

「奈津さんですかい。いえ、見えてませんよ。奈津さんに、なにかあったんですかい。あっしは、先ほど長屋で見かけましたよ。誠一郎ちゃんをおんぶして、元気な様子でしたけどねえ」

まさか、という思いが頭をよぎる。

半九郎は体をひるがえした。

「あっ、里村の旦那」

平蔵の声が追いかけてきたが、半九郎はさらに足を速めた。

長屋の木戸をくぐり、路地に駆けこむ。自分の店《たな》の前に立つ。

「奈津っ」

腰高障子をからりとあける。

「あら、あなた。仕事は終わったの」

立ちあがり、うれしそうに奈津がいった。

「誠一郎は」

「ここでぐっすりと寝ているわ。あなたの大声にも動じない強い子よ」

奈津のそばに、小さな布団の盛りあがりがある。かすかな寝息が半九郎の耳に届く。

穏やかな寝息だ。

「熱は」

「いえ、なにも。ねえ、どうかしたの。顔色が悪いわ」

「たばかられたようだ」

「えっ、誰に」

「奈津。符丁の割り箸はどうした」

「それならここにあるわ」

奈津が台所に立ち、かまどの横をのぞきこんだ。

「あれ、おかしいわね。ないわ」

奈津がごそごそやっている。

「妙ね。どうしてないのかしら。ここにちゃんと置いたのに」

「今日、ここを留守にしたか」

「ええ、この子が泣いたんで、あやしに近所に出たわ」

「そのとき戸締まりは」

「してないわ。いい人ばかりだから、する必要ないの、あなたも知っているでしょ」

ああ、と半九郎は答え、どういうことなのか、考えた。

どうして符丁のことを知られたのか。

はっとする。

隣に越してきたあの研五郎という年寄りではないか。長屋の壁など紙みたいなものだ。人の話し声など筒抜けである。

符丁のことをきかれたのか。

そうかもしれない。

いや、それ以外、考えられない。

研五郎という年寄りは、壁に耳を押し当てて、自分たちの会話を盗みぎきしていたのだろう。

それで、符丁のことを知られてしまったのだ。

――なんと迂闊《うかつ》な。

半九郎は自らをののしった。

壁越しに話をきかれていることにも気づかないなど、用心棒がつとまる腕前ではないではないか。

半九郎は長屋を飛びだし、研五郎の店の腰高障子をがらりとあけ放った。井戸端にいた女房たちが、その勢いにびっくりして立ちあがりかけた。

くそっ。

半九郎は唾《つば》を吐きたかった。

もぬけの殻だった。

土間に立った半九郎は、拳を薄べりの上に叩きつけようとした。だが、隣の長屋といっても、誠一郎を起こすことになるだろう。かろうじてとどまった。

半九郎は自分の長屋に戻った。

「いったいなにがあったの」

奈津が冷静な顔できいてくる。誠一郎が目を覚ましたようで、あやしている。こういうとき、奈津は決して昂《たか》ぶらない。落ち着いている。

半九郎は妻の顔を見て、ほっと息を入れ直した。

奈津になにも知らせずに、長屋を飛びだすわけにはいかない。

半九郎は手短になにがあったかを語った。

奈津が目を見ひらく。

「えっ、じゃあ、大平屋さんが危ないってこと」

「危ないのは平田どのだ」

半九郎は雪駄を脱いで薄べりにあがり、奈津を抱き締めた。奈津が、あっ、と声をあげる。

「あなた、気をつけて。この子を落としそうよ」

「すまぬ」

半九郎は奈津のにおいを存分に嗅《か》ぎ、誠一郎の顔をのぞきこんだ。息子は半九郎の顔を見て、笑んでくれた。

奈津に、行ってくると告げて長屋を走り出た。井戸端にいた女房たちが、そばに来ていた。

「里村の旦那、お帰り」

背中に声がかかる。

「また出かけるんだ」

「それは忙しいわねえ」

「ではな」

「気をつけてね」

半九郎は木戸をくぐり出た。道に出て足を急がせる。

くそう。

今頃、平田潮之助がどうなっているか。考えるだに恐ろしい。

無事であってほしかったが、それはあり得ないのではないか。

今できることは、ひたすら足を動かすことだけだった。

大平屋がある深川八名川町まで、また半刻ばかりかかった。

さすがに足をとめたときには、息が荒かった。汗が堤を破った大水のように、どばっと出てきた。

店の前に人だかりができていた。

やはりなにかあったのはまちがいない。最悪の絵面《えづら》が脳裏に浮かぶ。

息苦しさを押し殺し、半九郎は通してくれっ、と大声で叫んで、人垣を割った。店に飛びこむ。

奉公人たちが土間に倒れていた。畳敷きの広間にも横たわっている者が何人かいた。いずれも傷を負っている。

刀でやられたような傷ではない。頬を腫《は》らし、口元から血を滴《したた》らせていることから、殴りつけられたのではないか。

無傷の者が介抱している。客も何人か広間にいるようだが、怪我《けが》をしている者は一人もいない。

「大丈夫か」

半九郎は、倒れている奉公人たちに声をかけてまわった。

重傷の者はいない。誰もが、手を借りれば立ちあがれそうだ。

無傷の者のなかに、半九郎は与之吉を見つけた。

「里村さま」

広間を駆け寄ってきた。

「平田どのは」

与之吉が無念そうにうつむく。

「連れ去られました」

「誰に」

力なげに与之吉がかぶりを振る。

「わかりません」

「何人が押し入ってきたんだ」

「五、六人です。連れだした平田さまを駕籠《かご》に乗せて連れ去りました」

「どっちに向かった」

「東です」

「追いかけた者はおらぬのか」

与之吉がうなだれる。

「こうまでのされてしまうと、追いかける気力がありませんでした」

半九郎は与之吉の肩に手を置いた。

「すまぬ。おぬしを責めたわけではない」

半九郎は外に出た。まだ多くの野次馬がいて、店をのぞきこんでいる。

半九郎は東を見たが、むろん駕籠など望むことはできない。あるじの功右衛門の姿が見え、店のなかに戻った。

「怪我は」

「いえ、どこにも」

功右衛門がため息をつく。

「お預かりした人を奪われてしまいました」

肩を落とす。

「平田どのは誰から預かった」

「それは申しあげられません」

「そうか」

功右衛門が首を振り振りいう。

「じき上方から人がやってきて、平田さまを連れ帰る手はずになっていたのです」

「ほう、そうだったのか」

「三年前のことで、もうほとぼりも冷めた頃でしょうから」

「ほとぼりとは」

功右衛門がはっとする。

「いえ、なんでもございません。今のはお忘れください」

明らかに口を滑らせた。功右衛門がそそくさと奥に行こうとする。

「あるじ、御上に届けたのか」

功右衛門が半九郎のそばに戻ってきた。

「いえ、届けておりません」

「届けなくていいのか。賊が押し入り、人を連れ去ったのだぞ」

「はい、でも届けるつもりはございません」

「どうしてだ」

「こういうことがあっても、届ける必要はないと、お預かりした際にいわれていたからにございます」

「どうして届ける必要がないんだ」

さあ、と功右衛門が首をかしげる。

「手前にはさっぱりでございます」

「平田どのを連れ去られたことを、御上に知られたくないのか」

「いえ、そのようなことはございません」

功右衛門がはっきりと答えた。

「しかし、多くの者が見ているぞ。もう自身番に知らせがいっただろう。いずれ御番所の者はやってくるぞ」

半九郎の脳裏に浮かんだ町奉行所の者は、人なつこい一人の男だ。忠実な中間を配下としてしたがえている。

それにしても、連れ去られたのは、いったい誰なのか。

どうしてこんなに御上の手が入ることをいやがるのか。

お尋ね者なのか。そうかもしれない。

とにかく、平田潮之助が本名でないことだけは確かだろう。

半九郎は、呆然《ぼうぜん》としてたたずむ大平屋のあるじをちらりと見た。

そういえば、昨日、功右衛門が潮之助のことをいいまちがえた。大《おお》、といいかけてあわてていい直した。

本当は、大がつく名なのか。

平田潮之助と名乗っていた男は、上方からやってきて、大平屋の前にもどこかにかくまわれていた。

しかも、三年もたってほとぼりが冷めた、とも功右衛門はいった。

三年前に上方であったことというと、なんだろう。

半九郎は気づいて慄然《りつぜん》とした。

まさか。

だが、そんなことがあるのか。

あり得ぬ。自ら養子とともに火薬に火をつけて命を絶ったという話ではないか。

しかし……。

平田潮之助という名。

よく似ている。

偽名というのは、本名からそう遠くないものを用いることが多いときく。

平田潮之助という名は似すぎている。

それに、あの大人風の容貌《ようぼう》。三年前に大坂で乱を起こした男も、そんなふうにいわれていなかったか。

——平田潮之助。

あの男は大塩平八郎《おおしおへいはちろう》なのではないか。

第三章　権門駕籠

一

浮かぬ顔だ。


遠目でおみちを見て、文之介は直感した。

この前と変わらず、団子を焼く香ばしいにおいが鼻先をかすめてゆく。よだれが出そうになるが、おみちの気が晴れない表情に、食い気が引っこむ。

店の前に人はいない。行列ができてもおかしくない味だが、おみちの顔つきに、客たちも近づきがたいものを感じているのかもしれない。

「おみちさん、なにか心配事でもあるんですかね」

勇七が気がかりを面にだしていう。

「そのようだな」

文之介はおととい会ったときに、おみちがときおり暗い顔をしていたことを、思いだした。

「おみちさん、こんにちは」

店の前に立って、文之介は明るく声をかけた。

おみちがはっとして、顔をあげる。

「ああ、御牧の旦那、いらっしゃい」

「うん、また寄らせてもらった」

「勇七さんもようこそ。このあいだはありがとうございました」

勇七が手を振る。

「いえ、あっしはなにもしていませんよ」

「勇七のいう通りだぞ。おみちさんをおぶっていったのは、この俺だ」

おみちがにこやかに笑う。

「はい、よくわかっておりますよ」

その笑顔を見て、文之介はほっとした。

「おみちさんの団子、うちのかみさんもぞっこん惚れちまったよ。また食べたいってねだられた」

「それはよかった。そうおっしゃっていただけて、あたしはもう羽が生えて飛んでゆけそうな気分ですよ」

「ここの団子を食べると、俺も同じような気分になれる。おみちさん、とりあえず二本、もらおうか」

はい、といっておみちが手際よくたれをつけ直した団子を網の上にのせ、それを文之介たちに、どうぞと両手で手渡してきた。

「ありがとう」

文之介と勇七は同時にいって、団子を受け取った。

文之介はさっそくかぶりついた。勇七もむしゃやっている。目を柔和に細め、いかにもうれしそうだ。

「おいしいですねえ」

心の底からいっている。勇七は両手をぱたぱたさせはじめた。

「あまりやりすぎて、本当に飛んでいかねえようにしろよ」

二人はあっという間に食べ終えた。

「もう一本ずつ、もらおうか」

文之介はおみちにいった。顔をほころばせておみちが二本の団子を手渡してきた。その表情を見る限り、先ほど見せていた陰はかけらもない。

文之介たちは二本目も、すぐさま胃の腑《ふ》におさめた。

「ああ、うめえ。ここの団子は最高だなあ」

「ありがとうございます」

文之介は背後を見た。団子を買い求めようとする者はいない。

「おみちさん、なにか気苦労でもあるんじゃねえのか」

向き直ってたずねた。

「えっ、いえ」

「遠慮することはねえ。おいらたちは町の者たちのために働いている。なんでも話してくれていいんだぜ」

おみちの目には迷いが見える。

「でも、これは町方の御牧の旦那には関係ないことですから」

「関係ねえことはねえよ。今もいったが、江戸の町人を守るのが俺たちの仕事だ。その町人の一人が悩んでいる。仮に力になれねえとしても、俺たちに悩みを話すことで、気が楽になるってこともあるんじゃねえか」

おみちがうなずく。

「はい、ほんと、御牧の旦那のおっしゃる通りですね」

決意したように語りだした。

「実は、せがれが戻ってこないんです」

家出でもしたのか、と一瞬、文之介は思ったが、おみちは亡き夫が遺した家に一人住まいであるのを思いだした。

子というのは確か三十六で、商家に奉公にあがっているということだった。まだ独り身で、いずれ番頭になれるのではないか、という話をきいた。

「どういうことだ。商家から戻ってこないということか」

「せがれは大坂に行っているんです」

また上方だ。ここ最近、上方づいている。

「それで」

文之介はうながした。

「一月半ばかり前、体の具合が悪くて、あたしは、大坂のせがれのもとに文《ふみ》を送ったんです。そんなにひどくはなかったのに、まるで危篤のような文面を書きました。あの子の顔をどうしても見たかったんです」

うん、と文之介は相づちを打った。気持ちはよくわかる。母親というのは、そういうものなのだろう。

「せがれは、すぐに戻るという返事をくれました。その文があたしのもとに届いたのが、二十日ほど前のことです。ですから、もうとうにせがれは江戸に着いていなければおかしいのに、いまだに帰ってきません。あの子の身になにかあったのではないか、とあたしは心配でならないのです」

おみちは涙ぐんでいる。

文之介は、おみちのせがれの動きを推察してみた。

文をおみち宛《あて》に書き、その直後、大坂を発つ。文は、早飛脚《はやびきやく》なら七、八日で江戸に着く。並飛脚の場合、八日か九日で届けると飛脚問屋は謳《うた》っているものの、実のところは二十日から一月ほどかかるのが、当たり前になっている。

せがれは、早飛脚を使ったのではあるまいか。大坂から江戸は、ふつうに旅をして半月程度を要する。母親が危篤である以上、せがれは夜に日を継いで道を急いだだろう。

おみちのもとに文が届いたときには、すでに行程の半分は進んでいたのではあるまいか。二十日前に、少なくともあと五、六日で江戸に着くところまで、せがれはやってきていた。

それがいまだに帰ってこないのだ。おみちの胸が張り裂けんばかりになるのは、当然だろう。

東海道や中山道《なかせんどう》など、主要な街道が公儀によって整備され、旅は昔にくらべたらずっとしやすくなった。江戸におけるお伊勢参りに対する熱は相変わらず衰えを見せないし、女の一人旅も珍しくなくなってきている。

だが、それでも山賊や夜盗などの跳梁はあとを絶たない。身ぐるみはがれるだけならまだしも、命を落とす者も決して少なくないのだ。

「御牧の旦那、勇七さん、あたしはどうしたらいいんでしょう」

涙ながらにいう。

「あの子になにかあったら、あたし、生きていけません」

その通りだろう。今はせがれのことだけが生き甲斐《がい》だといっていた。

文之介と勇七は顔を見合わせた。どうしたらいいかな、と目顔で話す。

だが、いい考えは浮かばない。江戸のなかでのことならなんとかしようもあるが、舞台が東海道では、いかんともしがたい。

東海道を管轄しているのは、道中奉行《どうちゆう》である。道中奉行は、四人ほどの定員を持つ大目付《おおめつけ》と勘定奉行のうち、それぞれ一人ずつが兼任している。

大目付には配下に道中方がおり、その者たちが任に当たっている。勘定奉行のほうは、伺方《うかがいかた》の組頭《くみがしら》か、帳面方《ちようめんかた》組頭のどちらかが役目についている。

文之介は、道中奉行配下の者に面識はない。厳密には上役ではないが、文之介の上役をつとめている与力《よりき》の桑木又兵衛《くわきまたべえ》なら、顔が広く、知り合いもいるかもしれない。文之介にできることがあるとするなら、又兵衛に話を持ってゆくことだけだろう。

しかし、そうやって道中方などにおみちのせがれの話が届いたとしても、果たしてどれだけ熱心にやってくれるものなのか。ほとんど期待できないのではないか。各宿場に、触れをまわすのがせいぜいというところにちがいない。

それで、実際にどれだけの効き目があるものなのか。おみちのせがれを見つけだすことなど、ほとんど無理なのではあるまいか。

つまり、おみちの力にはまるでなれないということだ。文之介はおのれの無力を強く感じた。

勇七も無念そうに唇を噛んでいる。

「今のあたしにできることは、せがれの無事を祈り、神仏にすがることくらいしかありません。力があるという触れこみの祈禱師《きとうし》にも頼んではいますが、果たして験《げん》があるものかどうか」

おみちが力なくいった。

「おみちさん、奉公先の商家には問い合わせたのか」

きいても仕方ないと思いつつも、文之介は口にしてみた。

「はい、大坂に問い合わせの文をだしてみました」

「それで」

「返事はいまだにありません。文が届いたかどうかすら、わからないのです」

おみちが使ったのは、並飛脚だろう。やはり相当のときがかかるのだ。文は、まだ大坂に着いていないことも十分に考えられる。届いているにしても、おみちのもとに返事がやってくるのに、また同じだけの時間がかかる。

なんとか、もっと文のやりとりのときが短くなる手立てが、誰かの手で生みだされないものだろうか。

だが、それも期待薄だろう。そうたやすくつくりだされるはずがない。

文之介と勇七は、むなしくおみちのそばを離れるしかなかった。

「つらいですねえ、旦那」

「ああ、なんとかしてやりてえが、なにもできねえ」

文之介は前を向いた。

「今は無事に帰ってくることを、信じるしかねえな。大勢の者が信じていれば、それがせがれに伝わって、事態がいい方向に動かねえとも限らねえ」

「そうですね」

勇七が同意を示す。

「とにかく無事を強く信じてやることが大事ですよね」

文之介は勇七に向かってうなずいた。

「よし、仕事に戻ろう」

文之介と勇七は、梅蔵の探索に再び入りこんだ。

しかし、梅蔵を殺した下手人に結びつきそうな手がかりを見つけることはできなかった。

その代わりにといってはなんだが、旅に出たきり帰ってこない男の妻の相談を受けることになった。

女の亭主は小間物屋を営んでおり、品物の買い付けにときおり上方に行くのだという。江戸の問屋でも品物を入手できないことはないが、高いし、なによりじかに足を運ぶことで、江戸の問屋では扱っていない優れものを見つける楽しみもある。今回も亭主は、いつものように一人でいそいそと出かけたのだそうだ。

「上方に女がいるんじゃないかと疑いたくなるくらいいつも喜び勇んでいましたけど、あの人、あたしのために一所懸命、働いてくれているんです。あたしが喜ぶ顔を見たいっていつもいってくれました。それが、もうずっと帰ってこないんです」

亭主が江戸を発ったのは、もう二月前の話だそうだ。いつもなら、一月半もかからずに帰ってくるのだという。

女房恋しさに、夜道を急ぐことも少なくなかったようだ。

おみちのせがれと同じように、難に遭ったとしか考えようがない。まさか本当に上方に女がいたということはあるまい。

ここでも文之介は、自分の力のなさを痛感することになった。

「旦那、この分だとほかにも同様の人がいるんじゃないですかね」

勇七が沈痛な面持ちでいう。

「ああ、十分に考えられるな」

旅の空で命を落とすというのは、以前は珍しいことではなかった。今も重い病にかかり、行き倒れになることが稀《まれ》ではない。そのことは、街道筋に相当の数の墓がたてられていると耳にすることから、はっきりしている。

「旦那、ほかにも同じような人がいるとしたら、なにかが起きているってことになるんでしょうか」

「かもしれねえ。街道からまとまって人がいなくなるってのは、ここ最近ではあまり例がねえんじゃねえか」

「さいですねえ」

文之介は路上に目を落とした。うーむ、とうなり声が出る。

「どうにもいやな予感がするな」

それでも気持ちを励まして、文之介は勇七とともに探索にいそしんだ。

梅蔵殺しの下手人につながりそうな手がかりはやはり得られなかったが、それとは別に不意に駆け寄ってきた若者から、目をむくような話をきいた。

白昼堂々、呉服屋から人が連れ去られたという話だった。若者は、八名川町の自身番で小者をつとめているとのことだ。

「そいつはどこの店の話だい」

文之介は若者にきいた。

「へえ、八名川町の大平屋という呉服屋でございます」

文之介たちは、ちょうど深川八名川町の近くまで来ていた。

若者に礼をいって、文之介と勇七は地を蹴《け》った。若者がうしろについてくる。

頭上を鳩《はと》の群れが飛んでいた。その鳩たちに先導されるように、文之介たちは必死に駆けた。

八名川町に入ると同時に、これで役目はすんだとばかりに鳩の群れは消え去った。遠くに眺められる富士の山を目指しているように見えた。

「大平屋というのはきいたことがねえな。新しくできたのかな」

文之介は勇七に問いかけた。

「その通りでございます」

うしろから若者がいう。

「つい半月ほど前に店をひらきました」

「そうかい。それで連れ去られたのは、誰なんだ」

「どうもはっきりしないんですが、客人のようです」

「誰が連れ去った」

「それもわかりません」

若者が走る速さをあげ、文之介の斜めうしろに動いた。

「不思議なことに、大平屋さんの旦那は、御上に届けなくともいいっていったらしいんです」

「どうして」

「それがわからないものですから、不思議なんです」

なにか裏があるんだろうな。

文之介が思ったとき、若者の目が動き、腕をすっと掲げた。

「あそこが大平屋さんです」

距離はもう半町もない。店の前に人はいない。目の前の道を行きかう人は大勢いるが、店に入ってゆく者は一人もいなかった。人が連れだされるという荒っぽいことがあったせいで、客足が途絶えたのだろう。

文之介たちは店の前にやってきた。暖簾が静かに揺れている。

「では旦那、あっしはこれで失礼いたします。ごめんなすって」

「ああ、知らせてくれてありがとう」

若者が一礼し、姿を消す。

文之介は勇七にうなずきかけ、暖簾を払った。

土間になっていた。その先は五十畳は優にあるであろうという広間だ。だが、客は一人もいなかった。奉公人らしい者が暇そうに土間にたたずんでいるだけだ。

ほっとしたのと、困ったようなのとが混ざった顔で、奉公人の一人が寄ってきた。若い男だ。手代だろうか。

「あの、お役人、どのようなご用件でございましょう」

「人が連れだされたそうだな」

「はあ、あの、その通りなのでございますけど」

「けど、なんだ」

「旦那さまが届けをだす必要はないとおっしゃっていますので」

「どうしてだ。わけをきいたか」

いいえ、と若い奉公人が答える。

「お話しくださいません」

「よし、俺たちがじかにきこう。あるじを呼んでくれ」

「はい、承知いたしました。少々お待ちください」

奉公人が奥に向かってゆく。内暖簾を払う前に、長身の男が出てきた。刀を手にしている。

「あっ」

文之介の口から声が漏れた。

「里村どの」

半九郎が遠慮がちな笑みを見せた。早足で寄ってくる。

どうしてここに半九郎がいるのか。考えられるのは一つだ。

「一別以来だな」

笑みを消して半九郎がいった。

「きいたか」

「客人が連れ去られたとか」

文之介は半九郎を見つめた。半九郎がかすかに顔をゆがめる。

「お察しの通り、俺が用心棒をしていた男を連れ去られた」

「連れ去られたのは誰なんです」

半九郎が土間に降りてきた。沓脱ぎにある店の草履を履く。

「外に出よう」

他聞をはばかることのようだ。

文之介と勇七は、半九郎のあとに暖簾を払った。

半九郎がずんずん歩き、店から少し離れた路地に文之介たちをいざなった。

「連れ去られたのは、上方から来た男だ。名は……平田潮之助」

男の名に関して、半九郎はなにかいいたいことがあるようだ。

「上方から」

「そうだ。大平屋のあるじは、ほとぼりが冷めた頃だとか申していた」

きき覚えのある言葉だ。勇七も横でうなずいている。

「確かあの経五郎もそんなこと、いっていたな」

「ええ」

「経五郎が探していた男が大平屋にかくまわれていたのかな」

「その経五郎とかいう男は誰だ」

文之介は半九郎に説明した。

「ほう、上方からやってきて人を探していたというのか」

文之介は目を閉じ、探し人の手配書のような紙に記されていたことを脳裏に呼びだし、口にした。

「目、眉ともに細し。目垂れ、眉あがる。額広く、頬盛りあがり、唇ほどよく引き締める。でっぷりとし、大人の風あり。確かこんなところでした」

半九郎が大きくうなずく。

「まちがいない。俺が用心棒をつとめていたのは、その男だ」

「平田潮之助というのは、何者なのですか。どうやら里村さんには心当たりがあるようですが」

半九郎が唇をきゅっと引き結んだ。

「大平屋のあるじの功右衛門は誰をかくまっていたか、決して口にしない。だが、さまざまな話から、あの男は大塩平八郎ではなかったか、という感触を俺はつかんでいる」

げえっ。

喉の奥から妙な音が出た。文之介はのけぞりかけた。それを勇七が支える。

「すまねえ」

文之介は勇七に礼をいった。

「里村さんは、まことにそう考えているのですか」

「頭がおかしいと思うか。大塩平八郎は三年前にすでに死んでいるものな。養子とともに自害したと俺もきいている」

半九郎が文之介に目を据える。

「大塩平八郎という男、自分に対しても人に対しても厳格だったときく。夕方に寝につき、深夜八つに起きるという暮らしを続けていたとも耳にする」

半九郎が言葉を切る。目をつむり、なにか思いだしている顔だ。

「平田潮之助と名乗ったあの男が自らに厳しくしていたかというと、首を傾《かし》げざるを得ぬ。だが三年前に江戸に来て、その後、同じ場所にずっとかくまわれていたらしい。それで暮らしぶりが変わったと考えるのは、不思議なことではあるまい」

「その通りですね」

「それに、大坂では大塩平八郎の死骸は見つかっておらぬそうではないか」

「公儀では、木《こ》っ端《ぱ》微塵《みじん》に砕け散ったという判断をくだしたようです」

唐突に、まさか、という思いが文之介の頭を占めた。

殺された梅蔵も大塩平八郎を探しに江戸にやってきたのではないか。それで、なんらかの諍いとなり、殺された。

大塩平八郎を利用したいと考えている者と、それを阻止しようとする者たちのあいだの争いか。

文之介は半九郎を見つめた。

「里村さんは、本当にさらわれた男が大塩平八郎だと思うのですか」

「正直にいうと、わからぬ。だが、用心棒代として一日一両の金をだすといっていた。それを考えると、本物だったのではないか、という思いを打ち消すことはできぬ」

文之介は息を入れた。

「本物だとして、大平屋から奪っていった者どもの狙いはなんになるのでしょう」

半九郎が思案にふける。

「最も考えやすいのは、幕府転覆だろうな。大塩平八郎を頭に担げば、続く者はいくらでも出てくるのではないか。しかも、ここは将軍さまのお膝元だ。ここで乱を起こせば、仮にしくじりに終わったところで、公儀は決して盤石でないということを、民衆に見せつけることになる」

「そうなると、どうなりますか」

文之介は問うた。勇七は真剣な表情で黙している。

半九郎が勇七のその顔を見て、かすかに笑みを浮かべた。

「文之介どのならわかるだろう」

「いずれ民衆によって、公儀は潰されるということですか」

「唐《から》の国では、常に蜂起《ほうき》した民衆が王朝を倒しているという。日の本の国の場合、王朝は朝廷に当たるから、唐の国の手法がそのまま当てはまるとは思えぬ。民衆に代わり、どこか力のある大名が、公儀を滅ぼすために立ちあがることになるやもしれぬ」

「ならば、それを防ぐためには、是が非でも大塩平八郎を奪い返さねばならぬということになりますね」

その通りだが、と半九郎がいった。

「しかし俺にとっては、誰を上にいただこうとあまり関係ないな。戦は避けてほしいが、暮らしやすい世の中をつくってくれるなら、なんでもよい」

「今の世は、暮らしにくいですか」

「そんなことはない。平和でとてもいいと思う。町方と町衆が力を合わせてうまくやってくれているし。夜、酔っ払って歩いていても、追いはぎに遭わぬ。この平和さは大事にしていきたいと思うな」

「でしたら、やはり大塩平八郎を取り返さなければ」

「わかっている」

半九郎が力強く顎を引いた。

「意地でも取り戻すつもりでいる」

「意地でも、ですか」

「文之介どのにはまだいっていなかったが、俺は罠《わな》を仕掛けられたんだ。それで、かの男を奪われた」

どんな罠だったか、半九郎が語った。

きいて文之介は顔をしかめた。勇七も眉をひそめている。

「敵は、里村さんの長屋にまで、そんな男をもぐりこませていたのですか」

「ああ、実に用意周到だ」

半九郎が強く唇を嚙み締めた。

かたわらの通りを、見覚えのある男が通りすぎていった。

「今のは旦那――」

勇七が通りに飛び出る。文之介もすぐに続いた。

「経五郎っ」

文之介は、足早に遠ざかる背中に向かって怒鳴りつけた。

どやしつけられたように、経五郎が振り向く。

「あっ」

まずいという表情が見えた。どうしようかという迷いが刻まれたが、その一瞬を衝《つ》いて勇七が前にまわりこんだ。

文之介は経五郎の前に立った。

「噂《うわさ》をきいて、駆けつけたのか」

「えっ、なんのことです」

「とぼけるな」

文之介は強い口調でいった。

「大平屋で人が連れ去られたという話をきき、あわててやってきたんだろうが」

経五郎が赤黒い舌をぺろりとだす。

「お見通しですか」

「当然だ。ちょっと来い」

文之介は路地に経五郎を連れこんだ。にらみつけると、経五郎が身を縮めた。

「そない怖い顔、せえへんといてほしいわ」

「大平屋にかくまわれていた男が、何者か、おめえ、知っているな」

「知らしまへん。大平屋という店は、今日はじめて知ったんですから」

「おめえの探していた男は、大塩平八郎だろう」

「ええっ」

驚いた経五郎が文之介と勇七、半九郎をまじまじと見る。

「御牧の旦那、まじめにいってるんですか」

「まじめもまじめ。大まじめだ」

「大塩平八郎という大坂東町奉行所の与力は、三年前に亡くなりましたよ」

「本当は生きて江戸に逃げてきたんだろう」

「まさか、そんなことがあるわけない。あらへん、あらへん」

経五郎が手をひらひらさせた。

「では、これで。あっしも忙しいので。失礼いたします」

路地をすっと出ていった。

「あれも上方の者か」

半九郎がいう。

「さようです」

「ふむ、なにやら調子のいい男よな」

半九郎が路地を出、道に足を踏みだす。

「文之介どの、大平屋のあるじを紹介しよう。話をききたいのではないか」

半九郎の紹介なしでも事情をただすつもりでいたが、仲介してもらえるのなら、より話は早いだろう。

文之介と勇七は大平屋に入り、あるじの功右衛門と会った。

だが、経五郎と同じように大塩平八郎のことは頑として認めようとしない。かくまっていたのは、別の者であるといい張った。どうして連れ去られたことを御上に届けようとしなかったのかをきくと、それは平田潮之助さまにそうするようにいわれており、その言葉にしたがったまでです、といった。

このままでは埒《らち》があかなかった。

文之介は勇七を連れて、いったん南町奉行所に戻ることにした。半信半疑とはいえ、さすがに大塩平八郎ときいては放っておけず、与力の桑木又兵衛に相談することにしたのである。

うーむ、とうなって又兵衛がかたく腕組みをする。右手の襖に射抜きそうな鋭い目を向ける。

瞳の光を和らげて、又兵衛が文之介に顔を戻した。

「文之介、大塩平八郎というのは、まちがいないのか」

きかれて、文之介は眉根を寄せた。

「まちがいないかどうか、それがしにはわかりませぬ。それがしは、大塩平八郎という男は大坂で死んだものと思っています」

「公儀も文之介と同じように見ており、実際そういう風に公《おおやけ》にしている。こたびのことは、その公儀の意をくつがえすものだ」

なるほど、と文之介はいった。

「ただ、気がかりは人が一人、こたびの件に関して殺されたのではないか、と思えることです」

「今、文之介たちが探索中の一件だな。上方からやってきた者が、心の臓を刺し殺されていたのだな。ふむ、上方の者か。その大塩平八郎の件と関係なしと考えるのは、ちと無理があるかな」

又兵衛が腕組みをとき、文机の上の湯飲みに手を伸ばした。空であることに気づき、いまいましげに茶托に戻す。

「実はな、文之介」

重々しい口調でいう。

「大坂では、大塩平八郎父子は生きているという風評が根強いのだ」

「まことですか」

「ああ。もともと大坂は町人の町だ。その町人の暮らしを守るために、蜂起した大塩平八郎は大坂の英雄よ。英雄を死なせたくない、生きていてほしいという民衆の願望が噂となって町を駆けめぐっているにすぎんのだろうとわしなどは考えていたが、それが、もしやまことのことかもしれぬ、とこたびの一件は思わせる」

はい、と文之介はうなずいた。

「大塩平八郎が江戸に逃れていたとして、これは一人でできることではない。必ず力を貸した者がいる。それは、大塩平八郎を担ごうとする輩であろう」

又兵衛が断じた。

「とにかく、徒党を組んでいるというのは捨て置けぬ」

又兵衛がいうように、公儀は徒党というものに常に目を光らせている。力が合わさる怖さを熟知しているのだ。

「では」

文之介は、上申するのですか、という意味できいた。

又兵衛が首を縦に大きく振る。

「うむ、そのつもりでおる。大塩平八郎ときいては放っておけぬ」

又兵衛は町奉行に告げる気でいる。これで今回の一件は、老中《ろうじゅう》や大目付《おおめつけ》、若年寄《わかどしより》の耳に確実に入ることになった。

二

茫洋《ぼうよう》とした感じだが、御牧文之介という同心はできる男だ。人を包みこむ優しさがあり、それが大きな魅力となっている。

勇七という中間は無口だが、血は熱くたぎっている様子だ。正義の心がひじょうに強いのがうかがえる。文之介の大きな力になっているにちがいない。

ああいう男たちが町方同心とその中間というのは、町人にとっては実にありがたいことだろう。頼り甲斐がある。

半九郎は心中でにやりとした。

文之介自身、以前はもっと頼りなげだったのかもしれないが、場数を踏み、経験を積んだことで、大きく成長したようだ。むろん、勇七の力添えも相当大きかっただろうことは、想像に難くない。

一度、あの二人と一献、傾けたいものだ。しびれるほどに酒がうまいのではあるまいか。

しかし、それも、こたびの一件の片がつくまではお預けだ。

半九郎としては、なんとしても平田潮之助を連れ去った者たちを見つけだし、成敗したい。

成敗といっても、むろん殺さずともいい。どうして潮之助をかどわかしたのか、その理由をききたいのだ。

いくら功右衛門の許しをもらって奈津のもとに帰ったとはいっても、潮之助を奪われたのは、用心棒として、しくじり以外のなにものでもない。

文之介にもいったが、半九郎は意地でも潮之助を取り返すつもりでいる。

文之介もきっと探索を開始するだろう。町奉行所が動くとなれば、自分は必要ないかもしれない。

だが、仕事を請け負った用心棒として、責任は果たさなければならない。それは、潮之助の身柄を取り戻すことだろう。それ以外、考えられない。

半九郎は、平田潮之助を無事に取り返すための探索をはじめた。

といっても、潮之助がどこに連れ去られたのか、さっぱり見当がつかない。

駕籠に押しこめられて東に向かったという与之吉の言から、半九郎は今、そちらに歩を進めている最中である。

仮に潮之助が大塩平八郎だとして、さらっていった者どもはいったいなにをしようというのか。

船を引っ繰り返すように、本当に公儀を転覆させようというのか。

無理だろう。いくら大塩平八郎をもってしても、今の幕府を潰せるとはとても思えない。なんといっても、大塩平八郎は大坂においてあっけなく鎮圧されている。徳川将軍の麾下《きか》である旗本は八万騎といっても、実際に戦を戦える者はそんなに多くないだろう。だが、公儀に有能な士は少なくないし、将軍を誇りに思っている町人がまた多い。

多くの町人が将軍を敬慕しているというのは、最も大事なことだろう。公儀の目の届かない世間の片隅でことを起こそうとしても、誰かの目が必ずあるということだ。大坂で大塩平八郎の蜂起がしくじりに終わったのも、密告によるものと半九郎は伝えきいている。

密告がいいことだとは決して思わないが、民衆の力添えが期待できるあいだは、公儀の屋台骨が揺らぐことは、まずないのではないか。

連れ去られた男が、本当に大塩平八郎であるかどうか、というのは半九郎には関係ない。何者だろうとかまわないのだ。

半九郎の頭には、身柄を取り戻すことだけしかなかった。

家並みがずっと続いていたが、深川の町をはずれると、それも途切れた。

あたりは田畑が増え、緑が色濃くなった。家は百姓家がところどころに点在しているのが、目につくだけだ。

風にかぐわしさがのっている。潮の香りにまじって肥《こえ》のにおいが鼻先に漂う。これは、決していやなにおいではない。むしろ、どこかなつかしさすら覚える。

それは、自分がもともとは駿州沼里《すんしゅうぬまさと》の出だからだろう。

田舎者なのだ。

いま暮らしている本郷菊坂台町はいいところだが、いずれこういうところに引っ越したい。

人同士のつながりも大事だが、自然と触れ合うのも大切だ。菊坂台町周辺には緑も多いが、誠一郎にはこんなところで育ってほしい。そのほうが、伸び伸びできるような気がする。

もちろん視野に飛びこんでくるのは、緑や百姓家ばかりではない。大名や旗本の下屋敷も数多く眺められる。

商家の別邸らしい屋敷も少なくない。

駕籠で連れ去られた平田潮之助は、下屋敷や別邸などの、宏壮《こうそう》な屋敷に押しこめられているのではないか。

しかし、下屋敷はあまりに多い。絵図があれば、どの屋敷がどの大名家のものかなど、一目瞭然《いちもくりょうぜん》だが、今は手元にない。

仮にあったとしても、どこの大名や旗本が平田潮之助をかどわかすのか、さっぱり見当がつかない。

本当に平田潮之助がこのあたりの下屋敷や別邸にいるかどうかも、わかりはしない。

だが、このあたりにいると決めつけて探しはじめないと、なにもはじまらない。

とにかく徹底してききこみを行い、平田潮之助が乗せられた駕籠が入っていった屋敷を見つけださなければならなかった。

与之吉によれば、駕籠は権門《けんもん》駕籠とのことだ。

しかし、下屋敷に権門駕籠が入ってゆく光景など、このあたりの者にとって、珍しくもなんともないだろう。日常茶飯事といってよかろう。

そういうなかで果たして探しだせるのか、懸念がないわけではないが、今はやり抜くしかなかった。

付近を見まわした半九郎はさっそく、すぐそばの畑で真っ黒になって働いている夫婦者に声をかけた。

三

ちらつく影がある。

いったい何者なのか。

いや、考えるまでもない。浪人者らしいというから、里村半九郎にちがいなかった。

文之介と勇七は朝から、大平屋から連れ去られた平田潮之助の行方を調べている。このことを調べていけば、梅蔵殺しの下手人にもきっと行き着けるという読みがある。

その際、常に先を行く者の影が文之介たちの前にちらついているのである。

このあたりは、さすがに半九郎といってよい。町方に先んじることができるなど、相当の力の持ち主だ。

用心棒としても凄腕《すごうで》だが、こういう探索の仕事をやらせてもここまでやれるとなれば、金を払って雇ってもいいくらいの気持ちになる。

なあ勇七、と文之介はうしろについている中間に呼びかけた。

「平田潮之助を乗せた権門駕籠がこっちに来たというのなら、やっぱりこの近辺の猿江《さるえ》村や大島《おおじま》村、亀戸《かめいど》村あたりに建てられた下屋敷や別邸に、連れこまれたと考えるほうが自然だよなあ」

文之介は、あたりの景色を見まわしつついった。

「さいですね。でも、このあたりはやたらに下屋敷が多いですねえ」

「風光明媚な場所だからな。緑が濃くて、なんか目にもやさしいじゃねえか」

「ええ、あっしもそう思いますよ。緑の濃いところに来ると、目が休まるような心持ちになりますからね」

「隠居して暮らすのなら、こういうところかな」

「悪くないですね」

「なんだ、そのいい方は。諸手《もろて》を挙げて、というわけではなさそうだな」

「さいですね。あっしは江戸の町のごちゃごちゃしたところが、けっこう気に入っているものですから」

「そいつは俺も好きだよ」

文之介は深いうなずきを見せた。

「なんかいろんな人が集まって、雑多な感じがたまらねえよな。血が躍るというのかなんというのか」

「でも、若い今だからそういう風に思えるのであって、年寄れば、またちがうのかもしれませんね」

勇七が大きく息を吸いこむ。

「歳を取ると、こういうところで俳句を詠み、盆栽の手入れをし、将棋を指し、謡《うたい》を習い、墨絵を描いて、心静かに暮らしたいと願うのかもしれませんね」

文之介は快活に笑った。

「そりゃ楽しそうだが、ずいぶんと盛りだくさんの隠居暮らしだな。そんなにやったら、疲れてぶっ倒れちまうぜ。なんでもほどほどがいいんだ」

「旦那なら大丈夫ですよ。このくらい、楽々こなします」

「そうかな」

「ええ、片時もじっとしていないと思いますよ。旦那は落ち着きのない年寄りになりそうですものねえ」

「馬鹿いうな」

文之介は憤然としていった。

「俺は、大人の雰囲気を醸《かも》しだす渋い年寄りになるんだ」

勇七が苦笑を漏らす。

「旦那は無理ですよ。百ぺん生まれ変わっても、渋い年寄りになど、なりゃしませんからね」

「百ぺんも生まれ変わりゃあ、せめて一度くらいはなれるんじゃねえか」

わかりました、と勇七がいった。

「じゃあ、一度くらいは、なれるってことにしましょう」

「ありがとよ」

文之介と勇七は、軒を並べるように建っている下屋敷や別邸の近くで働いている百姓や遊山の町人に、権門駕籠を目にしていないか、たずねてみた。

見ている者はいくらでもいた。やはりこのあたりは、権門駕籠など、なんら珍しくないのである。

しかし、これであきらめるわけにはいかなかった。

文之介と勇七は翌日も猿江村、大島村、亀戸村までやってきた。

「あれ、今日はまたずいぶんと人が出ていやがるなあ」

文之介は目をみはった。田畑が広がる光景のなかに、朝日を浴びて黒々と動く者たちがいる。

「本当ですね。それも、どうやら武家ばかりですよ」

勇七がじっと見ている。

「はっきりとはわかりませんけど、あれは、お目付の衆ではないでしょうか」

「ああ、そうか、目付か。確かにそうかもしれねえ」

目付といえば、若年寄の支配になる。あの者たちは、実質は若年寄の命で動いているのだろう。

ふむ、とつぶやいて文之介はかたく腕組みした。

「ということは、桑木さまが上申されたのが、今のあの者たちの動きにつながっているわけだな」

文之介たちが動きをとめて見入っていると、侍たちの一団は、下屋敷や別邸などを片端から調べまわっているのがわかった。

もちろん、大名家の屋敷にずんずんと入ってゆくわけではない。目付といっても、そこまでの権限はない。

しかも、大名は大目付の管轄である。目付の手の及ぶのは旗本、御家人《ごけにん》だけだ。目付の手の者たちがしているのは、目につくすべての武家屋敷に声をかけては、話をきいていることだ。

あれでどこまで調べることができるか、文之介にしてみれば心許ないものがあるが、熱心さはすばらしい。

「あそこまでやるなんざ、あの目付の手の者はすごいな」

文之介は嘆声を漏らした。

「俺たちは下屋敷の者に声をかけるのも、ためらうものなあ」

管轄ちがいということもあるが、やはり町方は不浄役人ということで、あまり歓迎されないのだ。門衛などに話しかけても、下手をすれば町奉行所に知らせがゆき、お叱《しか》りを受けることもないわけではない。

「誰の手かな」

目付の定員は十人である。そのうちの一人がここに探索にやってきているのだろう。

「あそこにいる人がそうじゃありませんか」

勇七が指さす先に、馬に乗り、あたりを睥睨《へいげい》する様子の侍がいた。朝日を避けて、一本松の陰にいる。

轡《くつわ》取《と》りが馬を押さえ、背後に槍持《やりも》ちが控えていた。ほかにも数人の侍が、目付を守るように立っている。

「ああ、そのようだな」

「挨拶《あいさつ》しますか」

「そうだな。向こうも俺たちを認めているかもしれねえ。挨拶しなかったということで、あとでうるさく突っこまれるのも厄介だ。それに挨拶をすれば、あれが誰かわかるってものだ」

文之介と勇七は目付に近づいていった。

まわりの侍たちが、文之介たちをにらみつける。

「町方の者にござります」

文之介は告げた。

「なにか用か」

供侍《ともざむらい》の一人が横柄な口調でいう。

「お目付さまとお見受けいたしましたので、ご挨拶に参上いたしました」

「うむ、よく来た」

目付が馬上で満足げな笑みを見せる。馬はあまり乗ったことがないようで、どこか危なっかしい。

もし馬が棹立《さおだ》ちにでもなれば、きっと地面に真っ逆さまに落ちてしまうのだろう。そのために、轡取りががっちりと馬を押さえているのだ。

「そなた、名は」

馬上から目付が甲高い声できいてくる。文之介は名乗った。

「御牧文之介か、覚えておくぞ」

目付が少し身を乗りだした。馬が足踏みするように動く。轡取りがあわてて馬を押さえにかかる。

目付が少し動揺する。目が泳いだ。左眉のところに大きな古傷があるのが見えた。

「ありがとうございます」

文之介は目付に向かって大仰に頭を下げた。

「そなたも大塩平八郎と目される男を探しているのか」

「はっ」

「別にやらずともよいぞ。わしらが見つけだすゆえにな」

目付が自信満々にいった。

「力をお貸しせずともよろしいですか」

「不浄役人の力は借りぬ」

供侍が怒声を放つ。馬がびくりとし、二、三歩、あとずさった。

「これ、大声をだすでない」

目付が叱る。

「はっ。申しわけございませぬ」

供侍がこうべを垂れる。

「今この者が申したように、町方の手はいらぬ。我らはもう目星をつけておる」

「まことにございますか」

「まことよ」

目付が笑みをたたえる。どことなく嫌らしさを感じさせる笑いだ。

「さようにございますか。では、それがしはこれにて失礼いたします」

うむ、と目付が馬上でうなずく。もう文之介には目もくれず、武家屋敷の周辺で動きまわる配下たちをじっと見ている。

文之介は引き下がり、目付たちと距離を取った。

「今のはどういうことなんですかね」

勇七がきいてきた。

「わからねえ。でも、根拠もなくあんなこと、いいやしねえだろう。離れずによく見ていようぜ」

はい、と勇七が答える。

「旦那、名をききませんでしたけど、あの人が誰か、わかったんですかい」

「ああ、左眉のところに大きな古傷があっただろう。あの傷のことを桑木さまにうかがったことがあるから、まずまちがいねえだろうよ」

「あの傷にどんな由来があるんですか」

勇七が興味津々に問う。

「本当かどうかわからねえが、あのお目付が若い頃、城内で乱心した者と出会ったそうだ。それで、刀を抜いてやり合った。あのお目付は左眉のところをやられたが、見事に乱心者を斬《き》り伏せたそうだ」

「へえ、さいですかい」

文之介はにやりと笑った。

「信じてねえ顔だな」

「そんなことはありゃしませんが」

「無理することはねえよ。俺も信じていねえから。あの危なっかしい馬の乗り方で、剣の腕が立つわけがねえ」

「じゃあ、あの傷は」

「乱心者にやられたのはまちがいねえだろう。斬り伏せたのは、誰か別の者だな」

「さいですかい。それなのに自分の手柄にしているんですかい」

「おおかた、当時のことを知っている人のほとんどがもう逝っちまったんじゃねえのか。それで、嘘っぱちをいっても大丈夫になった」

「はあ、なるほど。それで、あのお目付はなんというお方なんですかい」

そうだったな、と文之介はいった。

「柴原《しばはら》雅楽頭《うたのかみ》というお方だ。まあ、いろいろとあまりよくねえ噂をきくな」

「どんな噂ですかい」

「どうも依怙《えこ》贔屓《ひいき》がすぎるらしい。同じ程度の非違をただす際にも、ある者には厳しく、ある者にはゆるく、ということを平気でするようだ」

「それは、金次第ってことですかい」

「そういうことだろう」

「お目付がそれじゃや、駄目なんじゃないですか」

「腐った人はいつでもどこでもいるものさ。しかし、最近はとみにその手の人が多いようだ。大塩平八郎じゃねえが、世直ししたくなるのもわかる気がするな」

勇七がぎょっとして、あたりを見まわす。

「旦那、今のはまずいですよ。誰かにきかれたらどうするんです。下手すると、切腹ものじゃないんですかい。あけっ広げなのは旦那の美徳ですけど、度をすぎるとまずいことになりますよ」

「誰もきいちゃいねえよ。でも、勇七のいう通りだな。これからは気をつけてものをいうことにするよ」

「必ずそうしてくださいね」

柴原雅楽頭は、一本松の陰から動こうとしない。

「どうしてじっとしているんですかね。目星がついているんなら、とっとと踏みこめばいいのに」

「大名屋敷が相手ならば、そうたやすくいかねえだろう。あるいは、確実な一報を待っているのかもしれねえ」

「ああ、それは考えられますね」

文之介と勇七は見守ることに専念した。

強い風が二度ばかりあたりを吹き払い、草を薙《な》ぎ倒そうとしたのち、一人の男が右手からあらわれ、柴原雅楽頭のいる一本松に近づいていった。

「旦那、あの男は」

「うん、経五郎だ。あの野郎、どうしてこんなところに」

柴原雅楽頭が経五郎を認め、笑みを浮かべて招き寄せる。

「歓迎されてやがる」

文之介はつぶやいた。

「あの男、目付の手下だったのか」

経五郎が背伸びをし、柴原雅楽頭に耳打ちするのが見えた。

柴原雅楽頭が喜び、鞍壺《くらつぼ》を叩いた。行くぞ、と供の者だけでなく、手下たちにも大声で告げた。

「どうやら経五郎の野郎が、調べをつけたようだな」

文之介がいった途端、不意に背後に人の気配がわきたった。ぎょっとして文之介は振り返った。

微笑していたのは、半九郎だった。

「驚かせてしまったかな」

「ええ、まあ」

「あの経五郎というのは何者だろう。目付の手下とも思えぬのだが」

「里村さん、一緒に行きますか」

文之介は誘った。

「ありがとう。文之介どのにいわれなくても、そのつもりだった」

柴原雅楽頭の一行はすでに三十人ほどの一団になっている。緑に包まれたような細い道を、一列になって進んでゆく。

文之介たちは一町ばかりをあけて、そのあとをついていった。

やがて柴原雅楽頭の一行が足をとめたのは、一軒の屋敷の前だった。

「武家屋敷ではないな」

半九郎が遠目に眺めていった。

「商家の別邸のように見えます」

「俺も文之介どのと同じだ」

勇七も首を下に動かした。

「あそこに平田潮之助がいるのでしょうか」

文之介は半九郎にいった。

「経五郎という男の調べが確かなら、そういうことになるな」

半九郎が一歩、前に出る。

「文之介どの、勇七どの、もう少し近づいてみぬか」

文之介たちは足を進ませ、別邸から半町ほどのところまで来た。

柴原雅楽頭たちの前に、格子戸の割にがっちりとした木戸がある。木戸には屋根がついており、瓦《かわら》がのっている。木戸からはじまった塀がぐるりをめぐっている。塀は一丈近くも高さがあり、忍び返しが設けられていた。

塀の内側は、鬱蒼《うっそう》とした森のような木々が葉をたっぷりと茂らせている。

その向こうに母屋の屋根が見えている。斜めの陽射しを受けて、甍《いらか》が光の帯を描いていた。

人けはまったく感じられない。別邸は静かなものだ。

本当に平田潮之助がいるのか、疑いたくなる。

柴原雅楽頭の配下たちは、すでに鉢巻、襷《たすき》がけを終え、裾《すそ》をからげている。戦う態勢をつくりあげていた。

それを確かめたらしい柴原雅楽頭が、馬上でさっと采配を振る。

それを受けて、侍が一人進み出て、格子戸《こうしど》に体当たりを食らわせた。がしん、と音がして格子戸が揺らぐ。

二度、三度と侍が体当たりを食らわすうちに、格子戸が傾いてきた。侍は、最後に蹴りを見舞った。

簞笥《たんす》でも倒れたような音を立てて、格子戸が石畳に叩きつけられる。

刀を抜き放った侍が格子戸を乗り越える。他の者もだっと続いた。

柴原雅楽頭が轡取りに馬を進ませるように命じたのが、文之介の目に入った。

馬が駆けだし、一瞬、柴原雅楽頭は落ちそうになったが、手綱を強く握り締めてなんとかこらえた。頭を低くして馬に乗ったまま木戸を入ってゆく。

供侍たちも主君に遅れじと、別邸内に走りこんでいった。柴原雅楽頭の家臣と配下はすべて別邸内に姿を消した。

一人、門外に居残っている者がいるのに、文之介は気づいた。

経五郎である。腕組みをして、柴原雅楽頭たちの様子をじっと眺めている。

「おい」

文之介は後ろ姿に声をかけた。

はっとして経五郎が振り返る。

むっ。

文之介は眉根を寄せた。

経五郎とは思えないほど厳しい顔をしていた。

すぐに笑みを浮かべた。

「これは八丁堀の旦那」

ぺこぺこする。

「なにか妙なにおいがするな」

半九郎が、格子戸の倒された木戸から別邸内をのぞきこんでいった。

「妙なにおいというと」

文之介は鼻をくんくんさせた。勇七もにおいを嗅いでいる。

「確かになにか焦げ臭いですね」

経五郎が地を蹴って走りだした。足元から土煙が舞いあがる。

「おい、待て」

体を返して文之介は追いかけようとした。

その直後、背後で轟音《ごうおん》が響き渡り、凧《たこ》のように体が浮きあがった。

なんだと思う間もなく、文之介は地面に叩きつけられた。

顔を打った。額から血が出ているのがわかった。

文之介はうつぶせている自分に気づいた。土の味がする。口のなかに大量に入りこんでいた。

文之介はぺっと吐きだした。唾《つば》で地面の色が変わる。

——今のはいったい。

文之介は首をねじ曲げた。

深い木々の向こうで、もうもうと煙があがり、渦巻いていた。炎もあがっている。

先ほどまで塀越しに見えていた別邸の屋根が消えている。

焦げ臭さがあたりに充満している。別邸が爆発したようだ。

大塩平八郎の爆死が文之介の頭をかすめる。

「勇七」

文之介は近くを見まわして呼びかけた。

「旦那」

返事があり、よろよろと近づいてきた影があった。

「勇七、大丈夫か。怪我は」

「あっしはへっちゃらです。旦那はどうなんですかい」

文之介はゆっくりと立ちあがった。体のどこも痛くない。

「大丈夫だ」

「ここ、血が出てますぜ」

勇七がいい、文之介の額に唾をたっぷりと塗りこんだ。

幼い頃も同じことをしてもらったことを思いだし、文之介はじっとしていた。勇七の唾の効き目は確かで、ひりひりとした痛みはすぐに消えてなくなった。

「里村さんは」

文之介はきょろきょろと見まわした。

「いないみたいですね」

「まさか、やられちまったんじゃねえだろうな」

「里村さまに限って、そんなことはないと思いますが」

「そうだな。あの人は殺しても死なねえ。でも、どこに行ったのかな」

「それよりも旦那、なかに入ってみないと」

そうだな、と文之介はいった。

あまりに爆風が強くて、石畳に倒れていた格子戸がめくれあがり、かたわらの塀に立てかけられた状態になっている。木戸の屋根の瓦もほぼすべてが飛び、地面に落ちて無残に割れていた。

「もう爆発しねえだろうな」

文之介は別邸内の敷地を見て、こわごわといった。

「別邸のほとんどすべてがばらばらになったようですからね。これ以上、爆発のしようがないんじゃないですかい」

「そういわれりゃ、そうだな」

勇七が壊れかけた木戸を先にくぐり、敷地に足を踏み入れた。

文之介は勇七のあとに続いた。

母屋の前に来た。煙は先ほどより弱まっている。建物の上半分がなかった。壁も吹き飛んでいる。炎が折れた柱を執拗《しつよう》になめあげてゆく。梁《はり》が飛び散ったのか、木っ端が庭に散乱している。

肉の焼けるにおいが強烈にしている。胸が悪くなってきた。

文之介は母屋のなかをのぞいた。

うっ。

丸焼けの死骸がごろごろしている。腕がちぎれたり、足がもげたりしている死骸ばかりだ。なかには首のない死骸もあった。

いったい何人が死んだのか。生きている者はいないのか。

柴原雅楽頭も死んでしまったのだろう。

だが、どれが目付の死骸なのかわからない。

文之介と勇七は、ただ呆然と突っ立っているしかなかった。

四

いったいどこに行くつもりなのかな。

半九郎は胸中でつぶやいた。

半町ほど前を行く背中は、経五郎のものだ。

経五郎は急いでいる。振り返ることなく、走り続けていた。

あの男は、別邸が爆発することを知っていた。

ということは、どういうことなのか。

半九郎は考えたが、よくわからない。

とにかく知っていたのは紛れもない。でなければ、爆発の寸前に駆けだせるはずもないのだ。

つかまえて吐かせるつもりでいたが、あの男は驚くほど足が速い。

こちらに気づいているそぶりはないが、半九郎が必死に足を速めても、まったく距離が縮まらない。

だから、途中からはもう追いつくのはあきらめ、つけることだけに半九郎は専念している。

経五郎はひたすら北に向かっている。向島に出ようとしているのだろうか。

道は柳島《やなぎしま》村に入った。

それから経五郎は押上《おしあげ》村に出、小梅《こうめ》村に入りこんだ。

さらに西に向かって駆け続ける。

水戸《みと》徳川家の下屋敷か拝領屋敷か知らないが、そのあたりまで来たとき、経五郎の姿がかき消えた。

水戸屋敷の近くに建つ常泉寺《じようせんじ》の境内《けいだい》に突き当たった道が、かくんと右へ折れるところだった。

見失うような場所ではなかったから、さすがに半九郎は驚いた。

左側は寺の境内で、右手は田んぼである。身を隠せる場所は境内しかないが、そちらに向かって体を動かしたようには見えなかった。

半九郎はあわてて探したが、経五郎は二度と見つからなかった。

撒《ま》かれたのである。半九郎は暗澹《あんたん》とした。またもやしくじりだった。

くそ、これからどうするか。

半九郎はしばらく思案した。ここにとどまって経五郎の姿を追い求めたところで、無駄だろう。

よし、と決意して半九郎は、そのまま道を南にくだりはじめた。

四半刻ほどで足をとめた。やってきたのは、雇い主の大平屋である。

店はあいていなかった。戸ががっちりと閉《た》てられている。

半九郎は裏口にまわった。どんどんと叩くと、どなたさまでしょう、と男の声がきいてきた。

「与之吉どのか」

「その声は里村さま」

裏口の戸があいた。半九郎は体をするりと入れた。

「お帰りなさいませ。どちらにいらしてたんですか」

「まあ、いろいろだ」

「とにかくご無事でよかったですよ。里村さまのことだから、無茶をされたんじゃないかって、案じていたんです」

「心配かけて、すまなかった」

半九郎はいい、あるじの功右衛門がいるかどうか、たずねた。

「はい、いらっしゃいますよ」

「会えるか」

「今きいてまいります」

与之吉はすぐに戻ってきた。

「お会いになるそうです」

「ありがとう」

半九郎は母屋にあがりこんだ。

功右衛門は座敷で待っていた。

「お帰りなさいませ」

「うむ、ただいま戻った」

半九郎は功右衛門の向かいに正座し、前置きなしで、これまでの顚末《てんまつ》を余すことなく語った。

「なんと、別邸が爆発して、お目付さまが亡くなったですと」

功右衛門が呆然とする。

「目付が死んだかどうか、確かめたわけではない。だが、あの爆発に巻きこまれては命はあるまい」

さようでございますか、と功右衛門が悲しげに首を振った。

「実は里村さま」

声をひそめて呼びかけてきた。

「お目付さまには、手前、だいぶ油をしぼられたのでございます」

半九郎は目をみはった。

「柴原雅楽頭どのが、ここに来たのか」

「さようにございます」

「どんな話をした」

「誰をかくまっていたのか、詳しく話すようにいわれました」

「おぬし、平田潮之助どのの本名を知っているな」

「はい、存じております。平田さまは、大山平左衛門《おおやまへいざえもん》というお方でございます」

「何者だ」

「それは、手前も存じません」

「だが、頼まれて預かったのだろう」

「さようにございます。でも正体は明かされませんでした」

「誰に頼まれて預かった」

「角居芳蔵《すみいよしぞう》というお方にございます」

「それは何者だ」

「手前のあるじだった欣之助《きんのすけ》の得意先だったお方でございます」

「欣之助というのは上方で店を営んでいる人だな」

「さようにございます。手前の主筋に当たる人にございます」

「角居芳蔵どのは、大山平左衛門を預かってほしい、という理由は明らかにしなかったのか」

「はい、さようにございます。死の床にあり、なにもきけませんでした」

「もう亡くなってしまったのか」

「はい」

そうか、と半九郎はつぶやいた。

「目付の話に戻るが、おぬしの話を信じたのか」

「だと思います。お目付さまは最初、手前どもが大塩平八郎さまをかくまっていた疑いを抱いていたらしいのですが、そのような証拠はこの家のどこにもございませんし、もともとご公儀は、大塩平八郎さまは死んだということで決着をつけていらっしゃいます。もうすでに死んだ人のことで、お城に引っぱられるようなことは、まずないだろうと手前は考えておりました」

半九郎は顎を引いた。

「おぬし、意外と図太いな」

功右衛門が苦笑とともにかぶりを振る。

「いえ、そのようなことはございません」

その後、半九郎は功右衛門から場所をきき、角居芳蔵という隠居が住んでいたところに行ってみた。

向島だったが、もうほとんど北のはずれといってよいところだった。

いや、もうこのあたりは向島とは呼ばないのかもしれない。

人里離れた林の手前に、廃屋が建っていた。決して狭い家ではなく、造作も悪くないが、なんといっても古すぎる。瓦葺《ぶ》きの屋根には草が生え、庇《ひさし》は落ちかけている。雨戸は腐りはじめていた。

これでは、もはや人が住むことはできないだろう。

広い庭もあるが、一面に草がぼうぼうに生えている。以前はきれいな庭だったのかもしれないが、もとの美しさを取り戻すには、よほどの金と人手をかけないと無理だ。

半九郎は庭に足を踏み入れ、草を踏み締めて歩いた。

濡縁《ぬれえん》が草に隠されている。虫がおびただしく飛んでいた。首筋や腕、足にかゆみを覚え、半九郎は這々《ほうほう》の体《てい》で庭を退散した。

ふう、まいった。

半九郎は虫から逃れて、振り向いた。

本当にこの家で三年ものあいだ、大山平左衛門は角居芳蔵と暮らしていたのか。

雨風をしのげれば、それでよしとしたのだろうか。

そうなのかもしれないが、半九郎は釈然としない。

家を離れ、付近を歩いてみた。

やはり驚くほど田舎だ。最も近い人家で、六、七町は離れている。

猿や鹿《しか》、猪《いのしし》などのほうがはるかに多く棲《す》んでいるのではあるまいか。

これなら、人をかくまってすごすのには格好の家だろう。誰もこんなところに人がいるなど、思いもしまい。

実際に、六、七町先に住む者にきいてみたが、人が暮らしていたことなど、誰も知らなかった。

半九郎はなにも得るものなく、むなしく角居芳蔵の家を去った。

第四章　団子絶品

一

夕餉《ゆうげ》を終え、茶を喫していると、来客があった。

お春が玄関に出てゆく。

すぐに戻ってきた。

「文之介」

お春と一緒に廊下をやってきたのは、丈右衛門だった。

脇差を腰に差しているだけの身軽な姿だ。それが妙に似合っている。

「父上」

腰を浮かせかけた文之介は湯飲みを茶托に置いた。

敷居を越えた丈右衛門が、向かいに静かに腰をおろす。

「今日はたいへんだったそうだな」

せがれを思いやる瞳をしている。

「おききになりましたか」

「桑木さまからつなぎをもらった」

「さようでしたか」

「家が爆発したそうだな。火薬か」

「はい。爆発直後は鼻もいかれてしまったようで、においはほとんど感じませんでしたが、いま考えれば、あれは紛れもなく火薬でしょう」

「怪我は」

「ここに」

文之介は額に触れた。

「少し赤いな」

「かすり傷ですし、薬を塗ってもらいましたから、もう大丈夫です」

「そうか、それならばよい」

丈右衛門が体から力を抜いた。

「桑木さまからは、大塩平八郎絡みだときいたが」

「父上、大塩平八郎はとうに死んでいます」

「ならば、亡霊があらわれたのだな」

「かもしれませぬ」

文之介はこれまでどういうことがあったのか、丈右衛門に語ろうとした。

「文之介、よい」

丈右衛門が手をあげて制する。

「えっ」

「わしにいう必要はない」

「どうしてですか」

「わしが隠居だからだ」

丈右衛門がにやりとする。

「隠居の身で、これまでさんざん口だししてきたではないか、といいたげだな」

「いえ、そのようなことはありませぬ」

「無理をするな」

丈右衛門が背筋を伸ばす。

「今、わしはなんでも屋が忙しくなっているんだ。そちらに専念したい。事件の話をきくと、どうしても首を突っこみたくなる。それに――」

「それに、なんですか」

「今日はおまえの様子を見に来たんだ。爆発なんていわれると、胸がきゅっとなる。無事でなによりだった」

「はい、ありがとうございます」

「では、これでな」

丈右衛門がすっくと立ちあがった。このあたりの身のこなしは実に軽い。若さが感じられる。

「えっ、もう帰られるのですか」

これはお春がいった。ちょうど茶をいれてきたところだ。

「せっかくお春が茶を持ってきてくれたから、それだけはいただいてゆくか」

丈右衛門が湯飲みを受け取り、茶をそっとすする。

「父上、相変わらず猫舌なのですか」

「猫舌は一生、治らぬ」

丈右衛門は茶をすすり続けた。

「お春がいれてくれる茶は、本当においしいな。この屋敷によく遊びに来ていた頃とまったく変わらぬ」

「まことですか」

「まことよ。お春、わしが嘘をついたことがあったか」

お春が笑って首をかしげる。

「ありませんでした、確か」

「なんだ、その半信半疑みたいないい方は」

「ありませんでした」

「それでいい。それでこそお春だ」

丈右衛門が茶を飲み終えた。

「うまかった」

あらためて立ちあがる。

「では、帰る」

文之介も立った。

「父上、商売が忙しくなっているとおっしゃいましたけど、今はどんなことをされているのですか」

丈右衛門が鬢をかく。

「今か。墓参りの代わり、夫婦喧嘩《げんか》の仲裁、一人暮らしのばあさんの家の棚の修繕、腰を悪くしたじいさんのための薪《まき》割り、当たったことのない人の代わりに富くじを購入すること、お百度参りの代わり、などだ。どうだ、忙しいだろう」

「そんなことをしているのですか」

「そんなこととはなんだ。これでもけっこうな稼ぎになるぞ」

「いくらになりますか」

「お百度参りは高いぞ。二朱だ」

確かに悪くない代だ。一両六千文と考えた場合、七百文以上になる計算である。

「でも、お百度を踏むのは、たいへんでしょう」

「市井に出てよくわかったが、楽して金儲《もう》けはできぬ」

「そうでしょうね」

文之介は深くうなずいた。

「富くじは当たったのですか」

「当たらぬ。だが次は当てる」

「次も頼まれているのですか」

「とりあえず、五回は買ってくれるようにいわれている」

「父上が買って当たるのなら、それがしも買ってもらいたいですよ。その代はいくらなのですか」

「これはちと安い。八文だ」

「蕎麦切りの半分ですか」

「まあ、そうだ」

丈右衛門が廊下に出る。玄関に向かって歩いてゆく。

文之介とお春は見送りに出た。

「では、これでな」

丈右衛門が火打ち石を使って、提灯に火をつける。門に向かって歩きだす。

「少し送ってくる」

文之介はお春にいって、丈右衛門のうしろについた。

門を抜け、道に出た。丈右衛門が顔を寄せてきた。

「文之介、早く孫を抱かせてくれ」

お春にきこえない声で、こそりという。

「励んでいるのか」

「それはもう」

「そうだろうな。おまえはお春にぞっこんだものな」

「ええ」

「とにかく文之介、がんばれ。がんばれという言葉をいやがる者もいるそうだが、わしはとてもいい言葉だと思っている。がんばれといわれると、本当にがんばれるからな」

丈右衛門が肩を叩いてきた。

「大塩平八郎の亡霊はむずかしい事件かもしれんが、おまえならやれる。大丈夫だ、自信を持て」

「はい」

「がんばれ」

「がんばります」

「では、これでな」

丈右衛門がきびすを返す。

「父上、お勢は元気ですか」

「元気だ。相変わらず毎日、たっぷりと寝ているぞ」

「さようですか。それはよかった。義母上《ははうえ》もお元気ですね」

「もちろんだ」

「義母上によろしくお伝えください」

「承知した」

提灯が、去りがたいかのようにゆっくりと遠ざかってゆく。

父上、がんばりますから、見ておいてください。

文之介は提灯に向かって語りかけた。


翌朝、文之介は出仕し、昨日できなかった書類仕事をまず片づけた。

「御牧さま、桑木さまがお呼びです」

又兵衛の小者が詰所に来て、伝えた。

文之介は小者と一緒に、又兵衛の部屋に向かった。

「桑木さま、御牧さまをお連れいたしました」

「入れ」

小者が襖をあける。

「失礼いたします」

文之介は敷居を越えた。襖が背後で閉まってゆく。

「座れ」

文之介は又兵衛の正面に正座した。

「怪我は大丈夫か」

文之介をいたわる口調だ。

「お気遣い感謝いたします。なんでもありません」

「そうか、ならばよい」

又兵衛が安堵の色を浮かべる。

「呼んだのは、犠牲者の数がはっきりしたからだ。ほかにも伝えたいことがある」

文之介は深くうなずき、又兵衛の言葉を待った。

「死者は柴原雅楽頭どの、及びその配下とおぼしき者たちで、計二十二人にのぼった」

文之介は瞑目《めいもく》した。

「負傷者は八人だが、いずれも重傷だ。今はただ、息をしているにすぎぬ者ばかりだそうだ」

「死者は、これからも増えるというわけですね」

「残念ながら、そういうことだ」

又兵衛が厚い唇をきゅっと引き締める。

「そのほかにも八人の死者がいた」

頭を働かせるまでもなかった。

「その八人が、平田潮之助を大平屋から連れ去った者、及び平田潮之助でしょうか」

「うむ、そう考えるのが妥当だろうな」

又兵衛が見つめてきた。

「文之介はちがうようだな」

「いえ、そういうわけではないのです。ただ、釈然としないものを感じてならぬのです」

「どうして釈然とせぬのか、話してみろ」

はい、と文之介は顎を引いた。

「まず、もし平田潮之助が大塩平八郎だとして、大平屋に押し入るまでしてせっかくかどわかした賊が、なにゆえ一切あらがうことなく自死を選んだのか。どうせ死ぬ気でいるのなら、華々しく斬り合うなどしてもよかったのではありませぬか」

「確かにな。ほかには」

文之介は息を吸った。

「まるで柴原雅楽頭さまたちが飛びこむのを待っていたかのように、爆発が起きたことです。上方からやってきた経五郎という男がいるのですが、この男が柴原雅楽頭さまをあの爆発した別邸に案内したのです。経五郎は別邸が爆発することを知っていたかのように、直前に逃げだしています」

「その経五郎はとらえたのか」

「いえ、逃がしました」

文之介は唇を噛んだ。あの男はなにかを知っている。今度会ったら、まちがいなく引っとらえるのだが、その今度が果たしてあるものなのか。

文之介のなかに、もしかしたら、という仮定の筋書がある。だが、それだけのためにここまで大がかりのことをやるものなのか。

もしこの仮定が正しいとしたら、大平屋も一枚嚙んでいることになる。大平屋全体でなくても、あるじの功右衛門は紛れもなく陰謀に荷担している。

「これからどうする」

又兵衛にきかれた。

「大平屋に行ってみようと思います」

又兵衛の部屋を辞去した文之介は、町奉行所の大門で待っていた勇七とともに、深川八名川町に向かった。

「閉まってますね」

店の前で足をとめて、勇七がいった。

「誰もいねえのかな」

文之介は、がっちりと閉てられている戸を叩こうとした。

「無駄だ。誰もおらぬ」

背後から声がした。振り向くまでもなく、そこに誰がいるか知れた。

「里村さん」

文之介は声を発し、近づいた。

半九郎がふっと息を抜く。

「ここはもぬけの殻だ。近所の者にきいたが、昨日の夜、功右衛門たちは引き払っていったらしい」

「どこに行ったのでしょう」

半九郎が頬に苦笑を刻む。

「さあ、わからぬ」

「里村さん、用心棒代はもらえたのですか」

「ああ、もらった。昨日の昼、功右衛門に会ったときくれた」

「そいつはよかった」

「俺もほっとしている」

半九郎が文之介と勇七に、強い眼差しを当ててきた。

「文之介どのも同様かもしれぬが、俺には一つの考えが浮かんでいる。文之介どの、確か梅蔵とかいう、上方から来た男が殺されたといっていたな」

「ええ」

「その梅蔵という男が殺されたことこそが、すべての発端ではないかな。そこから話が大きく広がっていったのは、まちがいなかろう。文之介どの」

「なんでしょう」

「梅蔵が逗留していた旅籠があるといっていたな。ちと、行ってみぬか」

「それがしも足を運ぶつもりでいました」

半九郎がにやっとする。

「気が合うな。やはり文之介どのも俺と同じ結論に至っているようだ」

梅蔵が逗留していた旅籠の摂津屋は、日本橋馬喰町にある。

文之介たち三人は早足で向かった。

馬喰町は、いつものように多くの旅人でにぎわっていた。隣の横山町の問屋からやってきたらしい商家の奉公人の姿も目立つ。荷車や荷駄《にだ》を積んだ馬が行きかい、土埃《つちぼこり》が舞いあがる。

「ここだったな」

文之介たちは摂津屋の前で足をとめた。

通りに立ち並ぶほかの旅籠は、奉公人たちが掃除などで忙しくしているのに、摂津屋だけはそれを拒んでいるように、かたく戸が閉まっている。

「やはりやっておらぬか」

半九郎が建物を見つめてつぶやく。

看板も取り払われ、建物の正面に掲げられていた扁額《へんがく》もすでになかった。枯れ葉色の連子窓のくすみは変わらない。

文之介は隣の旅籠の女中をつかまえて、摂津屋のことをたずねた。

「廃業されましたよ」

若い女中はあっさりと答えた。

「いつのことだ」

「昨日です。急にあわただしく閉めて、宿の皆さんがいなくなったんで、びっくりしましたよ。できてまだ半月ちょっとで、しかも繁盛していたのにどうしてだろうって、みんなで噂をしました」

文之介は礼をいって、女中を解き放った。

「予期した通りだな」

納得顔の半九郎があたりを見まわす。

「そこの茶店に入るか」

稲荷《いなり》のような小さな神社の横に、すだれを立てかけている簡素な茶店があった。

「町方だからって、神社のそばの茶店はかまわんのだろ」

「もちろんです。それに、我らは許しさえもらえれば、寺社のなかに立ち入ることも平気なのですよ」

「ふーん、そうか。なんとなくきいたような覚えはあるな」

看板娘なのか、すだれのかたわらに立ち、こちらを見ていた。赤みを帯びた橙《だいだい》色の小袖《こそで》をまとっている。まん丸い目がかわいらしく、濡れ羽《ば》色の髪がどこか色っぽい。鼻が高いのが利発さをあらわしているようだ。

文之介たち三人は看板娘の眼差しに誘われるように、茶店に入りこんだ。

文之介と半九郎は長床几に腰かけた。勇七も、茶店ではさすがに立ったままというわけにはいかず、長床几の端のほうにちょこんと尻を預けた。

「いらっしゃいませ」

看板娘が寄ってくる。文之介は、饅頭《まんじゆう》と染め抜かれた幟《のぼり》に目を当てた。

「俺は饅頭に目がねえんだが、味に自信はあるかい」

「はい、ございます」

看板娘がきっぱりと答える。

「うちのおっかさんが精魂こめてつくっておりますから、おいしくないはずがございません。砂糖もたっぷり使って、とても甘く仕上げています」

「甘いのはなによりだな。疲れが取れる。じゃあ、饅頭を三人分、くれるかい。——ああ、里村さんは、甘いのは大丈夫ですか」

「好物だ」

それをきいた看板娘がにこっとして、奥に向かう。

すぐに茶と大きめの饅頭がもたらされた。白い皮がぷりぷりとした光沢を帯びていて、食い気をそそる。

「こいつはうまそうだ」

文之介たちは饅頭にかぶりついた。餡《あん》がしっとりとして、嚙むたびにほろほろと崩れてゆく。甘みがじんわりと口中に広がってゆく。皮もほんのりと甘く、わずかな歯応えが心地よい。

文之介は茶を喫した。饅頭の甘さがこくのある苦みによって洗い流され、口のなかがさっぱりする。

「うまい」

文之介がいうと、看板娘がうれしそうに笑んだ。ほかの客が入ってきた。いらっしゃいませ、と華やいだ声をあげて、そちらに向かった。

文之介は半九郎に目を移した。半九郎がうなずき、口をひらく。

「文之介どのももう覚っているにちがいないが、柴原雅楽頭どのを殺すために、すべての芝居が打たれたのではないか、と俺は考えている」

「それがしも同じです」

半九郎が身を乗りだす。長床几がこすれるような音を立てた。

「柴原雅楽頭どののことを知っているか」

「いえ、ほとんど存じません」

文之介は声を低くした。

「しかし、いい評判をきかない目付だったのは確かです」

「深いうらみを抱いた者が、柴原雅楽頭どのを狙って殺したというのは、十分に考えられるというわけだな。哀れ、家臣たちは道連れか」

「問題がありますね」

勇七が横からいう。

「その通りだな」

半九郎が認める。文之介もそのことはわかっていた。

「目付は十人もいる、ということだな。柴原雅楽頭という目付を選んで殺すことなど、果たしてできるものなのか」

半九郎が言葉を切る。数瞬の間を置いて続けた。

「だが、柴原雅楽頭どのを狙った者どもは、やり遂げたんだ」

「まだ問題がありますよ」

なおも勇七がいう。

「死骸のことか」

文之介は勇七にきいた。

「さいです」

「死骸。なんのことだ」

文之介は半九郎に説明した。

「賊と思える八体の死骸か」

あっ。文之介は声をあげた。

「どうしました」

「勇七、おみちさんのせがれだ」

「あっ、そうか」

勇七が合点する。すぐに悲しそうな顔になった。

「なんだ、そのおみちのせがれというのは」

文之介はそれも半九郎に説明した。

「ほう、大坂からの帰りに行方知れずになった……」

「それがしたちの調べでは、あともう一人、おみちさんのせがれと同じような者がいました」

「ならば、もっと同じような者がいても、なんら不思議はないということだな」

「全部で八人の男がかどわかされ、あの別邸で殺されたのか」

勇七が拳を握り締めている。ぶるぶる震えていた。

「許せねえ」

文之介も同じ気持ちだ。

「鬼畜め」

おみちのせがれは、おそらくもうこの世にいない。そのことをおみちに伝えるのは、この俺しかいない。心は岩がのしかかったように重いが、誰かがやらねばならない。ほかの誰にもまかせられることではない。

「しかし、莫大《ばくだい》な金を使っているな。旅籠を買い取り、大平屋は新築までした」

半九郎が感心したようにいった。

「しかも、大平屋の奉公人は、いずれも昨日や今日、呉服屋の奉公人になった者たちではなかったぞ。すべての者が、練達の商売人だった」

「それは、旅籠の摂津屋も同じですね。奉公人はいずれもしっかりとしたしつけを受けていました」

「相当の金持ちが、裏で動いているのはまちがいないな」

半九郎が結論づけるようにいった。

文之介は勢いよく立ちあがった。

「どうした」

文之介は半九郎を見おろした。この角度で見ると、瞳がきらきらと輝き、この男の持つ聡明さが一段と強く感じられた。

「ここからなら番所はすぐ近くです。それがしの上役に当たる与力に、まずどうして柴原雅楽頭さまが選ばれたのか、そのあたりの事情をきいてきます」

「知っているとよいな」

「知らずとも、きっちり調べてくれるように尻を叩いてきますよ」

「うむ、遠慮はいらぬ。上役というのは、こき使うためにいるのだからな」

「里村さん、ここで待っていますか」

「そうだなあ」

半九郎が思案する。

「どこか眠れるところを探すよ。怒りが強すぎて眠っているときではないとは思うが、戦うためには休息を取らねばならぬ。平田潮之助の用心棒をしていて、ここ最近、眠りが足りておらぬのだ」

半九郎が湯飲みの茶を飲み干す。

「お眠りになるのでしたら、うちの奥を使ってくださってけっこうですよ」

看板娘が親切にいってくれた。

半九郎が顔をほころばせる。

「よいのか」

「もちろんです」

「それじゃあ、お言葉に甘えさせていただくか」

「では、我らは番所に行ってまいります」

半九郎の分も代を支払った文之介は勇七とともに、数寄屋橋門《すきやばしもん》内にある南町奉行所に向かった。

町奉行所の大門に着いた文之介は、勇七をそこに残し、奉行所の建物につながる敷石を踏んでいった。

なかにあがり、右に曲がって又兵衛の部屋を目指す。

「桑木さま、いらっしゃいますか」

文之介は襖の向こうに声をかけた。

「文之介か。いるぞ、入れ」

文之介は襖をあけ、敷居を踏まぬようにして部屋に入った。静かに横に滑らせて襖を閉じた。

又兵衛が目を向けてきた。

「座れ」

文之介は長脇差を腰から抜き、正座した。

「なにかききたい顔つきだな」

「おわかりになりますか」

「わかるさ。わしは、おまえのおしめを替えたこともあるんだぞ。ちょっとした表情の変化に気づかぬはずがない。文之介の場合、長いつき合いでなくとも、わかりやすいというのはあるがな」

「わかりやすい、ですか」

「ああ」

又兵衛が見つめてくる。

「それで、なにをききたい」

「柴原雅楽頭さまのことです」

うむ、と又兵衛がうなずく。

「どういういきさつで、柴原雅楽頭さまが、例の大塩平八郎の一件を探索することに決まったのか、それをおききしたいのです」

又兵衛がむずかしい顔をした。

「どういう経緯でその手の決定がされたかは、特にお目付の場合は仕事柄、公にされることがないゆえ、なかなか調べづらいものがあるが、文之介の頼みとあらば、骨を折るとするかな」

「ありがとうございます」

「ただ、ちと時間はかかる」

「どのくらいにございましょう」

「一日はほしいな」

「承知いたしました。どうか、よろしくお願いいたします」

文之介は頭を下げた。

「なんだ、まだあるのか」

「はい。爆破された別邸なのですが、あれは誰の地所だったのですか」

「つい最近まで、松本屋《まつもとや》という油問屋の持ち物だった。それが堺屋《さかいや》という店に買い取られた」

「堺屋というのは、何者です」

「触れこみでは、酒問屋だった」

「正体はなんだったのです」

「不明だ。堺屋という酒問屋は確かにあるが、買い取った者とはまったくの別人だった」

「買い取りは現金で行われたのですね」

「そうだ。足がつかぬゆえな」

又兵衛が背後の小簞笥の引出しをあけ、一枚の紙を取りだした。

「おまえに渡そうと思って失念していた」

文之介は人相書を手にした。目を落とす。五十代終わりか、六十代初めと思える男の顔が描かれていた。

初めて見る顔だ。

「見覚えはないようだな」

「はい。これが堺屋を名乗った男ですね」

「そうだ。松本屋の者に話をきいて、描いたものだ」

「福々しい男ですね」

「それがゆえに、松本屋の者もころっとだまされてしまったのだろう」

「これはいただいてもよろしいのですか」

「うむ、持っていけ」

文之介はていねいに折りたたみ、懐にしまい入れた。

又兵衛が凝視してきた。

「文之介、おまえ、今どういう考えでいるんだ。話してみろ」

又兵衛は信頼できる男だ。こういう男が上にいてくれる幸運を文之介は何度も嚙み締めている。

自らの考えを隠し立てすることなく、すべて語った。

「わしも文之介と同じよ。柴原雅楽頭さまが狙われたのではないか、とにらんでおった」

文之介はにこっとした。

「桑木さまもおかしいとお考えになっていたからこそ、松本屋の者に話をきいて、堺屋と名乗った男の人相書を描かせたのですね」

又兵衛が楽しそうに笑った。

「お見通しだったか。文之介、最近とみに丈右衛門に似てきたな」

文之介は笑みを浮かべた。

「ありがとうございます」

「丈右衛門に似ているといわれるのは、もういやじゃないのか」

「はい、前とはちがいます。まだしっくりとはいきませぬが、いずれ光栄だと思える日がくるような気がしています」

「わしもそう思う」

又兵衛がじっと見る。

「がんばれ、文之介。わしはずっとおまえの味方だ」

「ありがとうございます」

文之介は深く礼をいって、又兵衛の部屋を出た。

大門に戻る。文之介は待っていた勇七を連れて、馬喰町の茶店に足を向けた。

茶店では、人目につかない奥に長床几が置かれ、その上で半九郎が横になっていた。刀をしっかりと抱いて、安らかな寝息を立てている。

「帰ってきたか」

目を閉じたままいって、不意に起きあがったから、文之介はびっくりした。勇七も目をみはっている。

「なんだ、驚かしちまったか。用心棒の性《さが》でな、このくらいは当たり前のことになっている」

半九郎が頭のうしろをがりがりとかく。

「それで、わかったか」

文之介はどういうことになったか、半九郎に伝えた。

「そうか、一日かかるのか。やっぱり、すぐにわかるというわけには、いかぬものなんだな」

半九郎がすっくと立ちあがり、刀を腰に差した。

「文之介どの、それでこれからどうする気でいる」

「探索を続けます」

「なにを調べる」

「摂津屋のことです」

「ふむ、地所の関係だな」

「ええ、そちらから調べていこうと思っています。里村さんは」

「俺もちと調べるつもりだ」

文之介は少し考えた。

「大平屋のことですね」

「そうだ。大平屋の仕事を紹介した口入屋に、まずは話をきいてみるつもりだ」

文之介は懐から、又兵衛に渡された人相書を取りだし、半九郎に見せた。

「この男に見覚えは」

半九郎がじっと見入る。やがてかぶりを振った。

「ないな。何者だ」

文之介は伝えた。半九郎だけでなく、勇七も興味深い顔をしている。

「ふむ、あの別邸を買い取った男か」

半九郎が深いうなずきを見せた。

「もう大丈夫だ。心に刻みつけた。忘れることはない」

文之介と勇七は、ここで半九郎と別れることになった。半九郎は看板娘によくよく礼をいっていた。看板娘は、またおいでください、と心から口にしていた。

文之介と勇七は道を歩きだした。半九郎が遠ざかってゆく。

「里村さま、もてますね」

「勇七ももてるが、里村さまはおめえの上をいくな。なにしろ看板娘が、おめえにまったく関心を示さなかった。俺はそういう扱いに慣れているが、おめえはむっときたんじゃねえのか」

「きませんよ」

勇七がぼそりという。

「あっしには弥生というかわいい女房がいますからね」

「ぞっこんか。いいことだ」

「旦那だってそうじゃないですか」

「そうだな。俺はお春にぞっこんだ。俺たちはつまり、ぞっこん同士ってことだ」

「気が合うわけですねえ」

「まったくだ」

笑い合った二人は、摂津屋のことを調べはじめた。

摂津屋の地所は、前は北村屋《きたむらや》という旅籠のものだった。北村屋が廃業し、そのあとを摂津屋が買い取ったのだ。

北村屋の者を見つけるのは、さほど手間はかからなかった。馬喰町の町名主に会い、人別帳《にんべつちょう》を見せてもらうだけで事足りた。

北村屋の一家は、隣町の横山町の裏通りに面する一軒家で暮らしていたのである。

年老いた夫婦と、それに仕える嫁の三人暮らしだった。

旅籠を廃業した理由は、夫婦の跡を継いでいたせがれがまず病で死んだことだ。続いて、夫婦の孫の姉弟も相次いで病で逝ってしまった。

夫婦に仕えている嫁は、跡取りの女房とのことだが、ほんの半年のあいだに三人もの肉親を失って、旅籠を続ける気力が潰《つい》えたというのが真相のようだ。

「地所を買いたいとやってきたのが、摂津屋だったのか」

はい、と三人はうなずいた。

「現金で買っていったのか」

文之介は、松本屋という油問屋の別邸の買い方を念頭に、三人にきいた。

「さようです」

「買っていったのは、この男か」

文之介は又兵衛が描かせた人相書を三人に見せた。

三人が膝を集めてのぞきこむ。

「はい、さようにございます」

「まちがいねえな」

無用と思ったが、文之介は念を押した。

「まちがいございません」

三人ははっきりと答えた。

これで、と文之介は思った。この男を探しだせばいい。

標的が定まり、文之介は気持ちが急激に昂《たか》ぶってきた。

背後で勇七も同じであるのは、体が発する熱気が伝えている。

二

俺は選ばれた。

それはまちがいない。

半九郎は確信している。

どうして俺を選んだのか。

腕利きの用心棒として知れ渡っているからだ。

しかも一日一両という割のよすぎる金をだして、平田潮之助を守らせた。

大平屋で、ひじょうに大事な者が守られていたということを、御上の耳に届かせるためだろう。

それだけの大金をだして用心棒に守らせているなら、大塩平八郎であってもおかしくない、と幕府の要人に思わせるためだ。

それに乗ったのが、柴原雅楽頭だった。

柴原にうらみがあったとして、どうやって狙いうちにしたのか。

それは、文之介が明らかにしてくれるだろう。

半九郎は本郷菊坂台町にやってきた。

なじみの口入屋の和泉屋《いずみや》の暖簾を払う。

「ああ、これは里村さま」

土間に箒をかけていたあるじが、小腰をかがめる。

「この前、紹介させていただいた仕事は、もう終わりましたか」

「うん、終わった」

半九郎は笑みを浮かべて顎を下に引いた。

「いかがでしたか」

「うん、まあ、いろいろあったが、ありがたい仕事だった」

「いまお茶をだします。こちらにどうぞ」

半九郎は、土間の端に置かれた長床几に腰をおろした。

「ところで大平屋だが――」

口をひらいた途端、思いついたことがあった。

「そうか、大平屋って……」

大塩平八郎の姓と名の上の字を取ってつけられたものだ。今頃気づくなど遅すぎるが、おそらくそういうことなのだろう。

「大平屋さんがどうかされましたか」

「いや、なんでもない」

半九郎はいい、あるじを見つめた。

「その大平屋だが、どういう依頼がおぬしにあった。ここは菊坂台町、俺がいたのは深川八名川町だ。どういうつながりがあって、俺はあの店に行くことになったんだ」

「それがですね、大平屋さんがじかにうちにいらしたんです。それで、里村さまを雇いたいとおっしゃったんですよ。賃銀もひじょうによかったし、いいお話だと思って」

「それで俺に紹介したのか」

「はい、そういうことです。里村さま、なにか不都合でもあったんですかい」

「いろいろあった。あるじ、もう大平屋はないぞ」

「えっ、どうしてですかい」

「そのわけはいずれわかる」

半九郎は目をつむり、先ほど目にしたばかりの人相書の男を脳裏に呼び戻した。

「大平屋と名乗った男だが」

「はい」

「こんな男ではなかったか」

目は細く垂れ下がり、太い眉も垂れ、面長ではあるが頬はふっくらとし、上下の唇ともに厚く、大きな鼻はあぐらをかいている。

「はい、その通りでございます。店でお会いになったのですね」

「いや、会っておらぬ」

半九郎は土間に目を落とした。すぐにあげる。

「俺のことをどこで知ったといっていた」

「噂をきいたといっていました」

「どこで」

「それはききませんでした。とにかく里村さまが凄腕であることは、よく知っていましたね」

いったいどこで目をつけられたのか。

わからない。

待てよ。目をつけられたのは、俺だけではない。

御牧文之介もだろう。あの男も腕利きの同心ということで、注目されたのか。

里村半九郎と御牧文之介。この二人がそろって初めて、平田潮之助が大塩平八郎ではないか、と信じられるに足ると思われたのだろうか。

半九郎が初めて文之介と一緒になったのは、紺之助《こんのすけ》というやくざ者の親分のところだ。

あの親分のところに行けば、なにかわかるかもしれない。

半九郎は口入屋を出て、相変わらずの人通りのなかに身を紛れこませた。

青々とした畳の香りが匂い立つ座敷で座っていると、廊下を渡ってくる気配がした。足音はほとんど立っていない。

半九郎は背筋を伸ばした。刀に手を置く。

「里村の旦那」

襖越しにだみ声が呼びかけてきた。

「親分か」

へい、と声がして襖があいた。一見して暑苦しい顔がのぞく。

「お待たせしてすみませんでした」

「たいして待っておらぬ」

半九郎は刀から手を放した。

「そうおっしゃっていただけると、ありがてえ」

失礼いたしますといって、紺之助が膝を滑らせてきた。

「お茶は出てますね」

「うむ、出がらしだが」

「えっ、まことですかい」

「嘘だ。いい茶だ。気持ちがすがすがしくなる」

「あっしの暑苦しい顔を間近に見てもですかい」

この男、心が読めるのか。

半九郎は目を丸くした。

「なにをそんなに驚いているんですかい」

「いや、おぬし、自分のことを暑苦しい顔だと思っているのか」

「思っていませんよ。以前、人にいわれたんですよ」

「誰に」

「この前、御牧文之介さんに会われましたね」

「文之介どのがいったのか」

「いえ。文之介さんも口がよろしくないようですけど、あっしのことを悪くはいいやしません。文之介さんのお父上ですよ」

「ほう、父親にいわれたのか」

「ちっちゃい頃にこてんぱんにのされて以来、どうも頭があがらねえんですよ」

「おまえさんをこてんぱんにしたのか。そいつはすごいな」

「あっしもびっくりしましたよ。こんなに強いのがいるのかって、心底思いましたからねえ」

そうか、といって半九郎は紺之助の顔をまじまじと見た。

「親分、今日まいったのはほかでもない。また俺を雇えとか、そういうことをいいに来たのではない」

「ああ、なんだ、ちがうんですかい。里村の旦那くらいの凄腕なら、いつでも雇いたいくらいなんですがね」

紺之助が残念そうにいった。

「今さっき名の出た文之介どののことだ」

「はい、なんですかい」

「文之介どのと俺のこと、誰かに話したことはないか」

「ああ、話しましたよ。この前、この家でわしが襲われたときの話を、同業の者にいいましたねえ。あのときは里村の旦那がいなければ死んでいたし、襲ってきた者を文之介さんがつかまえてくれたことを、自慢げに口にしましたね」

「その親分を紹介してくれ」

「はい、お安いご用です。でも、里村の旦那、なにがあったんですかい」

紺之助の瞳には、興味の色がくっきりと浮いている。

「それはいずれ話す」

「はい、わかりました」

紺之助は興味の色をあっさりと引っこめ、一つの名を口にした。

紺之助の家から、ほんの四半刻ほどの距離だった。

半九郎は猪之蔵《いのぞう》という親分と、座敷で相対した。

「ええ、御牧の旦那と里村の旦那の話を、紺之助親分から確かにききましたよ」

「そのことを、他の誰かに話したか」

猪之蔵が首をひねる。

「いえ、話したことはありません」

「まちがいないか」

「はい」

半九郎はしばらく考えた。

「紺之助親分から俺たちの話をきかされたとき、ほかに誰かいたか」

猪之蔵が首を横に振る。

「いえ、あっしたち二人きりでした。あっしたちは兄弟っていってもいいくらい、仲がいいんですよ」

「それは飲んでいたときに、紺之助親分からきかされたのか」

「ええ、さいですよ」

「どこで飲んでいた」

「月亀《つきかめ》って料亭ですよ。値段も安いし、味もいいっていう店です。いっときますけど、あっしらがこんな商売だから、安くしてくれているんじゃありませんぜ。本当にあの店は安いんです」

力んでいう猪之蔵がほほえましく、半九郎は小さく笑った。

「いい店なんだな」

「ええ、ありがてえ店ですよ。もっとも、あの店は、目の玉が飛び出て、ぽろんと落っこっちまうほど高い料理もやれるんです。奥座敷や庭にある離れを使うときに、その手の料理をだすそうですよ」

「そういうときは、相当の金持ちがやってくるんだろうな」

猪之蔵が顎を大きく縦に振る。

「ええ、それはまちがいないでしょうね」

三

目付の柴原雅楽頭を殺すために、すべてが仕組まれた。

このことは、太陽が東から昇るのと同じくらい、確かなことだ。

里村半九郎、御牧文之介。

この二人は何者かに目をつけられ、そして利用された。どこで目を惹《ひ》いたのか。自分たちが一緒になったのは、やくざ者の紺之助のところしかない。あの親分のところから、どこかに漏れたのでないか。

文之介は勇七とともに紺之助を訪ねた。

「そのことですかい」

座敷で向かい合って座り、問いを発した途端、紺之助が驚いた。

「里村の旦那にも同じことをきかれたばかりなんですよ」

へえ、と文之介は感心していった。さすがに半九郎だ、頭のめぐりがいい。今日も自分たちの前を行っている。

「里村さんが見えたのは、いつのことだい」

「ついさっきですね。ほんの四半刻ばかり前でしょう」

「里村さんとは、どんなことを話した」

紺之助が説明する。

「同じやくざ者に俺たちのことを話したことか。ふむ、猪之蔵親分か。里村さんはもう話をきいただろうな」

「ああ、さいでしょうね。猪之蔵の家はここからたいして離れていませんから」

しかし、足を運び、じかに猪之蔵に話をきかなければならない。文之介は勇七をうながし、紺之助の家を辞した。

「また遊びに来てくださいね、文之介さん」

帰り際に紺之助が人なつこい顔でいった。にこにこしている顔を見ていると、とてもやくざ者には思えない。実際、紺之助を慕う町人も少なくないようだ。なにしろ紺之助は義理に厚い。人助けには金もときも人も惜しまない。

「ああ、また来るよ」

「今度、一献、傾けましょう」

「そいつはいいな」

あの、と紺之助がいった。

「ご隠居はどうしているんですかい」

「なんでも屋みたいなものをはじめたのは、話したかな」

「いえ、初耳です」

「そうか。いまは深川富久町《とみひさちょう》で、親子三人仲よく暮らしている」

「えっ、屋敷を出られたんですかい」

「そうだ」

「文之介さんに遠慮されたんですかね」

「それもあるが、はなから市井で暮らしたいという強い願いがあって、それをうつつのものにしたのさ」

「ああ、さいですかい。なにかご隠居らしいですねえ」

「まあ、そうだな」

文之介は紺之助を見つめた。

「じゃあ、紺之助さん、俺たちは行くよ」

「すみません、間際になってお引きとめしちまって」

「いいってことよ」

笑顔になった文之介は、勇七とともに外に出た。

その足で猪之蔵親分の家に向かった。

もう半九郎は猪之蔵と会い、一軒の料亭を目指しているのが知れた。

文之介と勇七も、月亀という料亭に急いで足を運んだ。

猪之蔵の家から北へ五町ばかり行ったところに月亀はあった。

「あっ、里村の旦那がいらっしゃいますよ」

勇七が明るい声を響かせる。

その声が伝わったか、木戸の前にいる半九郎がこちらを振り向いた。

文之介と勇七を認め、手を振ってきた。

文之介たちは足を速め、半九郎に近づいていった。

「里村さんには、いつも先まわりされていますね」

「上役なんかおらず、なにごとも身軽に動けるからな」

「それ以上に探索する力がすごいとしかいいようがありません。敬服しますよ」

「大袈裟だな。文之介どのたちも、ちゃんとたどりついたではないか」

半九郎が目の前の建物を見あげる。

「ここが料亭の月亀だ」

黒壁がぐるりをめぐっている。塀の向こうに見えている建物も、黒々とした板壁が貼られている。

「渋い建物ですね」

勇七が見つめていった。

「これでかなり代は安いらしい。料理人の腕もいいそうだ」

「へえ、いい店なんですね」

「この店で、俺たちのことを紺之助と猪之蔵という二人の親分の会話からきいた者がいる。目付の柴原どのに罠を仕掛けた者どもは、相当の金持ちであるのが、すでにわかっている。そういう富裕な者は、奥座敷か庭の離れしか使わぬらしい。しかも一見《いちげん》さんは、そういう金のかかるところには決して入れないそうだ」

そのことは、文之介たちも猪之蔵からきいていた。

「店の者から、常連といっていい金持ちの名をきけば、十分だろう。この店にそんな常連がどのくらいいるか知らぬが、店の大きさからして、十人に満たないのではあるまいか」

文之介もそんな気がしている。仮に十人の常連の金持ちがいるにしても、柴原雅楽頭にうらみを持つ者をあぶりだすのは、さほど苦労しないだろう。

「よし、行こう」

半九郎が快活にいって、木戸に近づいた。

だが、塀に設けられた月亀の木戸は錠がおり、格子戸はあかない。敷地内に人のいる気配もない。

どうやら店がひらいているのは夜だけで、昼間は完全に休んでいるようだ。住みこみの者も店内にはいないのだろう。

「近くに寮でもあるのかな」

半九郎がつぶやく。

「奉公人が暮らす寮ですね」

うむ、と半九郎が答え、通りがかりの女にすぐさま寮のありかをたずねた。

えっ、と一瞬、近所の女房らしい女はとまどったが、ああ、と合点してみせた。

「寮はありません。奉公人のほとんどは、ここに住んでいるはずですよ」

「しかし、人けがまったくないのだが」

「確か、この店の人たち、今日はみんなでどこかに、遊山に出かけたはずです。ですから、今日は店は休みにするんだっていってましたよ」

「泊まりなのか」

「いえ、日帰りだっていってましたね。でも、夜に店をあけるとなると、せっかくの遊山なのに飲めないじゃないですか。それでは楽しくないからって、今日は休みにするんだそうです」

「そうか、よくわかった。忙しいところ、手間を取らせてすまなかった。ありがとう」

半九郎がていねいに頭を下げる。

「いえ、どういたしまして」

女房がしなをつくった。半九郎にまぶしげな目を当てている。

半九郎はそれに気づかない顔で、文之介たちに歩み寄ってきた。

「というわけだ。夜ならば、奉公人たちは確実にいるようだから、話はきけるだろう。出直そう」

「わかりました」

文之介は半九郎にうなずいてみせた。

「俺たちはいったん番所に戻りますが、里村さんはどうします」

「俺も家に戻る。ちょっと眠気が取れぬ。俺も歳を取ったようだ。前は睡眠が足りぬ状態が何晩続いても平気だったのに、いまはひどくこたえる」

「そんな歳ではないでしょう」

「そんな歳さ。もう二十八ゆえな。じき三十だ」

「若く見えます」

勇七にいわれ、半九郎がにこりとする。

「文之介どのと勇七どのは、口がうまいな」

「本心ですよ」

勇七がいい募る。

「ありがとう。とにかく家で寝てくる。用心棒を稼業にしている身で大きな声ではいえぬが、俺は眠るのが大好きなんだ。妻にはいつも寝てばかりいて、と文句をいわれているくらいだ」

「では、そのあとどうします。どこかで待ち合わせますか」

「そうだな。南町奉行所の近くに、茶店がないか。そこで、文之介どのが仕入れた話をききたいな」

「茶店ですか」

「あります」

すかさず勇七がいった。

「御番所は数寄屋橋御門内にありますが、その手前の鍛冶橋《かじばし》御門の近くに一軒あります。南側の比丘尼《びくに》橋のほうですから、わかりやすいと思います」

「比丘尼橋の近くか。わかった。あのあたりは以前、仕事をこなしたことがある。そうだな、七つくらいには、その茶店にいるようにする」

ではこれでな、といって半九郎が体をひるがえす。

「里村さん、ゆっくり休んでください」

文之介は声をかけた。

「文之介どのと勇七どのにはすまぬが、仕事をがんばってくれ」

「はい、がんばります」

文之介と勇七は声を合わせ、元気よく答えた。

大門に勇七にいてもらい、文之介はいったん詰所に戻った。

「御牧さま、お帰りですか」

又兵衛づきの小者が姿をあらわした。

「桑木さまがお呼びです」

「ありがとう。いま行く」

文之介は小者のあとについて、奉行所の建物に入った。

すぐさま文之介は部屋に入れられ、又兵衛と向き合った。

「よく来た」

文之介は期待に満ちた目をした。

「おわかりになりましたか」

どうして柴原雅楽頭が、例の平田潮之助の一件を担当することになったか、その経緯である。

「ああ、わかった」

又兵衛がはっきりといい、間を置くことなく説明をはじめた。

「大塩平八郎が生きているかもしれぬということで、柴原雅楽頭どの自ら、是非ともやらせていただきたい、と手をあげたそうだ。ほかの者が出る幕はなかったらしい。なにしろ功名心にはやったお方だったから、それも不思議はない」

文之介は顎を下に引いた。

「もし、大塩平八郎という名が出なかったら、柴原雅楽頭さまは、手をあげられなかったかもしれぬのですか」

「まあ、そういうことになろうな。派手な事件が大好きだったとのことゆえ。むろん、そういう事件が扱いのすべてではなく、ふつうの地味な仕事もそれなりにこなしていたらしいが、気持ちの入れ方が露骨にちがっていたそうだ」

「さようですか」

それでも、まだ柴原雅楽頭を引っ張りだすには、足りないような気がする。

「柴原屋敷の奉公人のあいだでも、殿が大塩平八郎の一件を担当されたらすごいことだという噂が流れたらしい」

「屋敷でですか」

「そうだ」

「それはつまり――」

うむ、と又兵衛がうなずいた。

「柴原屋敷に口入屋から奉公人が送りこまれた。その奉公人はむろん柴原雅楽頭どのにうらみを持つ者の息がかかった者だ。そういう者が一人送りこまれたのか、二人以上だったのか、わからぬが、そのような噂を屋敷内で立てたのは疑いようがあるまい」

又兵衛が言葉を続ける。

「噂をすれば影がさす、というが、中間部屋で中間たちがそんな話で盛りあがっているなか、当の本人があらわれた、というようなこともあったそうだ」

「ほう、さようでしたか」

これがとどめとなったのではないのか。

仮にこたびの一件で柴原雅楽頭を引っ張りだすことにしくじったとしても、賊どもはきっとまた策を練り、罠を仕掛けたにちがいなかろう。

もしかしたら、こたびの大塩平八郎の一件は、賊どもが初めて仕掛けた罠ではなかったかもしれない。

二度目、あるいは三度目というのも考えられる。徐々に策の規模が大きくなり、ついに大塩平八郎を持ちだすことを考えついたのかもしれなかった。

「柴原雅楽頭どのにうらみを持つ者が、こたびの一件、仕掛けたのは疑いようがないが、柴原雅楽頭どのの性格を調べ抜いた上で、罠をめぐらしている。相当、用意周到にやっておるな。大坂の靭本町というのは大塩が自死したところだ。天満町には屋敷があった」

「まことですか」

「とにかく相当の金持ちが背後にいるのはまちがいないな。文之介、どうだ、これまでの調べでなにか出てきたか」

「いえ、まだあまり出ておりませぬが、一つだけ」

文之介は、料亭月亀の常連である金持ちをこれから調べるつもりでいると告げた。

「そうか。調べ尽くせ」

「はい」

「わしのほうでも今、柴原雅楽頭どのが買ったうらみというのを、いろいろと調べている。柴原雅楽頭どのは、いろいろな悪事をそれなりに摘発していた。そこそこ多いので、吟味の最中だ。これぞ、というものが出てきたら、伝えるゆえ、文之介、待っておれ」

文之介は両手をそろえ低頭した。

「承知いたしました」


そのあと、勇七と一緒に比丘尼橋そばの茶店に足を運んだ。

「里村さま、いらしてますかね」

「まだでもいいさ。団子でも食っていればいい」

団子という言葉で、文之介は、またおみちのせがれのことを思いだした。

八つの死骸はすでに始末されてしまっている。無縁墓地に葬られたわけではなく、川に流されてそれきりになったのだ。

おみちのもとに行き、せがれが犠牲になったかもしれないことを、ちゃんと話さなければならない。

おみちはきっと信じないだろう。仮に遺骸が残っていたとしても、我が子とは決して認めまい。

重い気分で茶店に入った。半九郎はまだ来ていないようだ。

茶を喫し、団子ではなく饅頭を選んだ。

饅頭はこの前の茶店ほどのうまさはなかったが、甘みはけっこう強く、文之介はかなり気に入った。勇七もうれしそうに口に運んでいる。

「すまぬ、ちと遅くなった」

半九郎がやってきて、長床几に腰をおろした。

「いえ、遅くなんかありませんよ」

勇七も横でうなずいている。

「喉が渇いた。茶をもらってもいいかな」

文之介は小女に茶を頼んだ。

すぐに茶が運ばれる。

「ありがとう」

湯飲みを手にして、半九郎は茶をごくりとやった。

「ふう、うまい」

「里村さんは、猫舌ではないのですね」

「うむ、まあ、ふつうだ」

むしろ熱いのには強いようで、半九郎はあっという間に茶を飲み干した。

「うまかった」

湯飲みを長床几に置いた。

「文之介どの、だいたいのことでよい、話せる限りのことを話してくれるか」

「お安いご用です」

文之介は、わかっていることを、他の者にきこえない声の大きさで話した。

「そうか、やはり柴原雅楽頭どのは誘いだされたといってよいのか。ふむ、文之介どののいう、これが初めての罠ではない、というのは当たっているかもしれぬ」

空を見あげる。

「だいぶ夕方めいてきたな。そろそろ月亀に行ってもよいのではないか」

「では、まいりましょう」

代金を払おうとしたが、半九郎が今回はもつというので、文之介と勇七はありがたくおごってもらった。

月亀に着いたときは、日が落ちかけ、夕闇があたりを支配するために、身を乗りだそうとしているところだった。

月亀は暗かったが、ぽつりぽつりといくつかの灯りがついており、なかに人がいるのはわかった。今夜は店をあけないということで、いつものにぎやかさはおそらくかけらもなく、黒い建物は、ひっそりと闇に沈もうとしていた。

格子戸のある木戸の前に立ち、半九郎が、ごめん、と大きな声を発した。

敷石を踏んで、奉公人らしい男が駆けてきた。

「相済みません、今宵は休みなのですが」

「客ではない。ちょっと話をききたい」

「どのようなお話でしょう」

半九郎を浪人と見て、奉公人は警戒している。たかりに来たと思っているのだ。

「こういう用さ」

文之介は半九郎に代わって顔を見せた。

「あっ、これはお役人」

「ちょっと話をききたいことがあって、やってきたんだ」

「承知いたしました」

格子戸があいた。三人はなかに通され、入口そばの座敷に落ち着いた。

掃除が行き届き、畳がとてもきれいで気持ちよい。

だされた茶も喉をすんなりと通った。こくがあって、香りも強かった。上等の茶を使っているのは紛れもない。

「いい店だ」

半九郎が感心している。床の間に一輪挿しの壺が置かれ、馬が描かれた墨絵の掛物が下がっている。隅で行灯《あんどん》が静かに光を放っている。壁や柱が橙色に染まり、それがときおり陽炎のように揺らめくさまが、ひじょうに美しかった。

「お待たせしました」

襖の向こうから声がかかった。

「入ってくれ」

文之介がいうと、襖が横に動いた。初老の男の顔がのぞく。

「あるじの勢兵衛《せいべえ》にございます。どうぞ、お見知り置きを」

勢兵衛が文之介たちの前に進んできた。正座する。

「休みのところを申しわけないな」

文之介は勢兵衛にいった。

「いえ、かまいません」

「ときがもったいないので、さっそく本題に入らせてもらう」

文之介は、一月ほど前、やくざ者の紺之助と猪之蔵の二人が飲んだときを覚えているか、きいた。

「はい、覚えております。こう申してはなんですが、お二人とも、その、らしくないといいますか、ひじょうにいいお客さまにございます」

「そうらしいな」

文之介は相づちを打った。

「その夜、この店に来ていた客を覚えているか」

「えっ、それはなかなかにむずかしい問いにございますね」

「この店は、本当の上客は奥座敷か庭の離れを使わせるらしいな。上客だけでいい。離れではなく、むしろ奥座敷を使っていた客のほうがいいな」

離れの客では、母屋で飲んでいた紺之助たちの話をきくのは、無理だろう。

「あの晩、奥座敷をお使いになっていたお客さま……」

勢兵衛が首をひねり、一所懸命に思いだそうとしている。

「ちと失礼いたしまして、番頭を呼んでまいります」

勢兵衛が出てゆく。襖が静かに閉まっていった。廊下を遠ざかる音がする。

庭に鹿威《ししおど》しがあるのか、小気味いい音が大気を静かに破って耳に届く。

鹿威しが十回ばかり響いたあと、足音が戻ってきた。

「失礼いたします」

勢兵衛と番頭らしい二人が部屋に入ってきた。

「わかりました」

勢兵衛が叫ぶようにいった。

「御堂屋《みどうや》さんにございます。あの晩、奥座敷を使っていらしたのは。まちがいございません」

「金持ちか」

「はい、それはもう。もともとは酒問屋でいらっしゃいますが、味噌醬油問屋、小間物屋、呉服屋、口入屋、さらに旅籠までしていらっしゃいますから」

旅籠までか。そういうことかい。

「それらを全部、御堂屋という名でやっているのか」

「いえ、御堂屋さんは酒問屋だけでございます。あとの店は、それぞれ別の名で商売をしていらっしゃいます」

「御堂屋はどこにあるんだ」

「はい、本店は赤坂のほうにあるときいております」

赤坂か。きいたことがねえわけだ。

「御堂屋のあるじはなんていうんだ」

「はい、強右衛門《すねえもん》さんとおっしゃいます」

文之介はその名を頭に叩きこんだ。もっとも、好きな軍記物によく出てくる名だ。

戦国の頃、武田勝頼《たけだかつより》の大軍に包囲されて絶体絶命の三河長篠《みかわながしの》城から抜けだし、織田信《おだのぶ》長《なが》、徳川家康に城の窮状を伝えることに成功し、再び城に戻ろうとして武田軍にとらえられ、援軍は来ぬからあきらめて降伏するよう城兵に伝えるようにという勝頼の言葉に反し、援軍はもう近くまで来ているからがんばれ、と城兵を励まし、磔《はりつけ》にされた武士が鳥居《とりい》強右衛門である。

「御堂屋が目付に対してうらみを抱いていることを、耳にしたことはねえか」

勢兵衛と番頭が顔を見合わせる。

「いえ、ございません」

「そうか、わかった」

文之介は、勢兵衛と番頭に強い眼差しを当てた。

「俺たちはこれで引きあげるが、いいか、今耳にしたことは決して口外しちゃならねえぜ。御堂屋には特にだ。わかったか」

「はい、そのあたりのことは重々承知しております」

「それならばいい。もし口外したりしたら、お縄だぞ」

「はい、わかっております」

文之介たちは引きあげた。

外に出た途端、半九郎がほとほと感心したという様子でいった。

「さすがだなあ」

「矢継ぎ早に次々に問いが口をついて出てゆく。あのあたりの呼吸は、町方特有のものなんだろうな」

「とにかく御堂屋というのがわかって、よかったですよ」

文之介は半九郎にいった。

うむ、と半九郎が首を上下させる。

「御堂屋というのは、いろいろと手広く商売をやっているんだな。旅籠までやっているんなら、摂津屋に本物の奉公人を持ってくるなど、どうってことはないな」

「あとは御堂屋が柴原雅楽頭さまを、あれだけの殺し方をするほどうらみを抱いていたか、それを明かせば、この事件は解決といっていいのでしょう」

「そうかな」

半九郎が疑問を呈する。

「俺はまだ別の者がいるような気がする」

「どういうことです」

これは勇七が口にした。

「俺は武家が絡んでいるような気がしてならぬのだ」

文之介と勇七は、半九郎が続けるのを黙って待った。

「八人もの男をかどわかし、殺す。その容赦のなさが、商家のやることではないような気がする」

いわれてみれば、確かにその通りだ。

「柴原雅楽頭どのだけでなく、大勢の家臣を道連れにした。血も涙もない者が今度の一件に関わっている。それは紛れもなく武家だろう」

文之介と勇七は、家に帰るという半九郎と別れ、深まってゆく闇のなか、南町奉行所に向かった。

「俺はこれから桑木さまに会ってくる。勇七、もしかするとまた呼びだすかもしれねえから、中間長屋にいてくれねえか。勇三のことが気にかかるだろう」

大門で文之介は勇七にいった。

「はい、ありがとうございます。さっそく行ってきますよ」

闇に消えてゆく勇七を見送って、文之介は又兵衛の部屋に足を向けた。


「おう、文之介、来たか」

又兵衛が明るい口調でいった。

「待っていたぞ」

「すみません、遅くなりました」

「謝ることなどない。おまえも仕事をしていたのだから」

又兵衛が文机の上に一枚の紙を置く。

「これが、柴原雅楽頭どのにうらみを持っているのではないか、と疑われる者たちの名寄せだ」

又兵衛が手渡してきた。文之介は受け取り、目を落とした。

「思ったほどありませんね」

記されている名は、十もない。

「わしも意外だった」

文之介は、名寄せのなかに御堂屋がないことに気づいた。

「このなかで特に怪しいのは、島田銀三郎《しまだぎんざぶろう》だろうな」

一番上に記されている名だ。

「島田銀三郎どのになにがあったのです」

「旗本株を買って、侍になるという夢を果たしたんだが、それがあだとなった」

旗本株の売買はよくあることだ。公儀からは禁じられているが、金に窮した旗本や御家人が養子を迎えることで次から次へと売り払っている。

「露見したのですか」

「そうだ。斬罪《ざんざい》になった」

それは運がない。旗本株の売買で死をたまうことは時折あるのだが、そうそう滅多にあることではない。内済で終わる場合も少なくない。

「島田銀三郎どのは、もともとは商家の者ですか」

「そうだ、三男坊だ」

「なんという商家の者ですか」

「うん、書いておらぬか。そうか、書き忘れたようだな」

又兵衛が名を口にする。

「やはり」

文之介はたまらずつぶやいていた。

「やはり、といったか」

「はい、こちらでも御堂屋という名が出てきました」

「そうか。島田銀三郎は御堂屋という大きな商家のせがれで、侍になるのをずっと夢見ていたという。ようやくかなえたと思ったら、待っていたのは死だ。哀れなものよ」

「その一件は、柴原雅楽頭さまが扱ったのですね」

「そうだ。他の目付はよくあることだし、斬罪にするまでのことはないといったらしいが、柴原雅楽頭どのは、きく耳を持たなかったらしい。一人許せば次から次へ続く者が出てくる。法度《はっと》を守る者など、いなくなってしまう、と強い口調でいったようだ」

もうまちがいない。

文之介は確信した。

御堂屋が柴原雅楽頭を殺したのだ。

しかし御堂屋だけではないという、半九郎の言葉が脳裏をよぎる。

「武家で怪しい者はいますか」

文之介は又兵衛にきいた。

「武家だと。文之介は武家も関係しているというのか」

文之介は、半九郎の推測を語ってきかせた。

「なるほど、確かに八人の無関係の者を殺すという容赦のなさは、武家だけが持つものかもしれぬな」

又兵衛がしみじみといった。

「名寄せを見せてくれ」

文之介は手渡した。

「これかな」

又兵衛が名の一つに指を添えた。

文之介はのぞきこんだ。

「五反田三左衛門《ごたんださんざえもん》どの……」

文之介は目をあげ、又兵衛の顔を視野に入れた。

「なにをしたのです」

「城中で酔っ払って刀を抜き、同僚を斬ろうとした。もともと剣はすごい腕らしいのだが、酔っていたのが運の尽きで、あっさりとつかまった」

「旗本ですか」

「そうだ。五百石取りだった。取り潰しになったが、斬罪はかろうじてまぬかれた。御上のご慈悲により、遠島《えんとう》も許された」

「今も存命でしょうか」

「わからんが、切腹していないのなら、生きているのではあるまいか」

「しかし桑木さま、もしこの五反田三左衛門がこたびの一件に荷担しているとしたら、逆うらみでしかありませんね」

その通りだな、と又兵衛がいった。

「取り潰しは当然の仕儀だからな。柴原雅楽頭どのが別段、妙なことをしたわけではない。しかし、うらみを抱く者はそんなことは考えもせぬのだろう」

四

朝まだきのまだきは、いまだ、という意味なのだそうだ。

いまだこない、ということなのか。

そう、まだ江戸の夜は明けていない。

黒々とした幕が、空を目一杯に覆っている。信じられないほど無数の星が空にはあり、瞬いたり、そのまま一定の光を放ったままじっとしたりしている。

見つめていると、自分が暗い宙を飛んでいるような錯覚に陥る。

あまりの気持ちのよさに、ここになにしに来ているのか、忘れそうになる。

いつしか、空を包みこんでいる黒さは、薄れかけていた。群青色がまじってきていた。同時に、星たちも数を徐々に減らしつつあった。

文之介は東の空に目を向けた。

家並みの向こうの空は、かすかに白んでいる。東雲《しののめ》だ。

以前、文之介は東雲というのは、雲の種類をいうのだと思っていた。それが思いちがいであると知ったのは、つい最近のことだ。

東雲というのは、曙《あけぼの》と同じ意味で、東の空がわずかに明るくなった頃合いのことをいうのだそうだ。

すでに空には橙色があらわれ、たなびく雲をうっすらと染めている。

筒状になった雲の割れ目から、光の筋が飛びだしてきた。太陽の姿はいまだに見えないが、筒の内側はまるで火山が噴火しているかのごとく、赤々と燃えあがっている。

まだか、まだ采配は振られぬか。

文之介はちらりと背後を振り返った。すぐうしろに勇七がいる。今日は珍しく六尺棒を持っている。

文之介は鉢巻、襷がけをし、鎖帷子《くさりかたびら》を着こんでいる。

相手は商家で、ここまでやる必要はないような気はするが、大きな捕物で、しくじりは許されないから、やはり身支度はしっかりとしておくべきなのだろう。

馬上にいる又兵衛の姿が明るくなってきたなか、はっきりと眺められる。背後に槍持ちが控えている。

与力が槍を用意しているのは、もし捕物で同心や中間、小者たちの手に余る者が出てきたときに、自ら槍を振るって叩き伏せるためである。

捕方は三十人ばかりだ。いずれも緊張の色を隠せない。

あたりは明るさがさらに増してきた。斜めに朝日がさしこみ、眼前の商家の屋根を照らしだす。

扁額に記された御堂屋という文字がくっきりと浮かびあがる。

その瞬間を待っていたかのように、馬上の又兵衛の手がさっと動いた。采配がばさっと音を立てて振られる。

いっせいに捕り手たちが動きだした。店の裏手にも十人程度がまわっている。

「行こう」

文之介は勇七にいった。勇七がうなずくや、だっと地を蹴った。

文之介の前に出た。

またかばおうとしてやがるのか。まったくもう。でも、ちっちゃい頃からずっとだから、しようがねえか。

勇七の気持ちはよくわかる。文之介を危険にさらしたくないのだ。

「御用である。戸をあけよ」

赤坂周辺を縄張にしている先輩同心が叫んだ。十手を手にしている。

しかし、なかから応答はない。店はひっそりとして静かなものだ。まるで人が去ったあとの空き家のような雰囲気がある。

「やれ」

先輩同心が背後の中間たちに命じる。丸太を持った者たちが前に出てきた。

どーん、と丸太が戸にぶつけられる。それが何度も執拗に続いた。

やがて戸に大穴があいた。先輩同心が戸を蹴破る。一気に飛びこんでいった。中間や小者たちが続く。

文之介と勇七もそのあとに御堂屋のなかに入りこんだ。

奥のほうから悲鳴や叫声がきこえてきた。

文之介と勇七はそちらに向けて、廊下を走った。

奉公人とおぼしき者たちが、次々にお縄にされている光景が目に飛びこんできた。

南町奉行所に引っ立てられた者は、全部で五十三人にも及んだ。

御堂屋はそれだけの大店ということだ。

吟味方《ぎんみかた》が御堂屋の者の尋問を行った。

あるじの強右衛門は、八人もの無関係の者を殺してしまったことから、良心の呵責《かしやく》に耐えかねていた。しかし本懐を遂げたことで、満足もしていた。柴原雅楽頭に対して策を仕掛けたのはこれが二度目だったそうである。

すべてを話した。

旅籠の北村屋を買い取ったのも、爆発した松本屋の別邸を購入したのも、強右衛門だった。

又兵衛が描かせた人相書の男は、強右衛門だった。

平田潮之助を演じていたのは、御堂屋の奉公人だった。経五郎も同様だった。

摂津屋に逗留していたという触れこみの梅蔵は、実際に上方から江戸に流れてきた男で、売れない役者だった。本名は栄吉《えいきち》といった。

御堂屋に依頼されて、平田潮之助を探すふりをしていた。

上方の者が誰か重要な人物を探しているということを、町方に知らしめるためだけに栄吉は殺されたのだ。

殺したのは、元旗本の五反田三左衛門とのことだ。

実際に八人もの旅人や夜、散策していた隠居などをかどわかし、そののち殺したのも三左衛門だという。

御堂屋の者は、あるじの強右衛門をはじめとして、一人として三左衛門の居場所を知らなかった。

三左衛門が若い頃から通っていた道場だけが知れていた。

『虎山流《こざんりゅう》』と看板が出ている。

深川元町《もとまち》である。

文之介は入口の前に立った。激しい稽古の音が耳を打つ。

「よし、行くか」

文之介は勇七にいった。

「ええ、行きましょう」

勇七が声を張りあげようとする。その前に別の誰かが割りこんできた。

「頼もう」

道場に向かっていった。

「あっ、里村さま」

勇七がびっくりしている。

驚いたのは、文之介も同じだ。

「どうしてここに」

「くっついてきた」

「つけていたんですか」

「まあ、そうだ」

半九郎がにやりとする。

「文之介どのは、あまりうしろを気にせんな」

「まさかつけている人がいるとは思いませんから」

「しかし、なにがあるかわからんぞ。少しは注意したほうがいいのではないか」

「次からは気をつけます」

ふっと半九郎が笑う。

「素直だな」

入口に人が立った。門人である。

「なんでしょうか」

文之介の黒羽織に気づき、はっとする。

「人を探している。ここに、五反田三左衛門がおらぬか」

「五反田どのはここ半月以上、いらしておりませぬ」

「家をご存じか」

「このすぐ裏手の長屋ですが、月に数日しかいないようです」

「ふだんはどこに」

「煮売り酒屋の二階に」

「どこの煮売り酒屋かな」

「西町《にしまち》ですよ。五造《ごぞう》という店です。大横川《おおよこがわ》に架かる猿江橋のそばにある店ですから、すぐにわかります。五反田さんにはこれがいるんですよ」

小指を立ててみせた。

「ありがとう」

文之介は礼をいった。

半九郎を含めた三人で、さっそく五造に向かった。

「五造という名は、五臓六腑《ごぞうろっぷ》から取ったのかな」

半九郎がきいてきた。

「本名は五造と書いていつぞう、とでも読ませるのかもしれませんが、五臓六腑にかけたのは紛れもないでしょう」

五造はやっていなかった。しかし、なかで人の気配はしている。

戸に心張り棒はされていない。勇七がそっとあけた。

文之介はのぞきこんだ。

土間に長床几が二つ置いてある。あとは、土間を取り囲むように、小上がりが四つあるだけの狭い店だ。

厨房で、真剣な顔をした女が下を向き、せっせと手を動かしていた。どうやら仕込みをしている様子だ。

「あのう」

勇七が声をかけた。

女がびっくりしたようにこちらを見る。しわ深く、疲れた顔をしている。目の下に、くっきりとくまができていた。目がひどくくぼみ、頬がこけていた。顔色が全体にどす黒い感じだ。

病に冒《おか》されているのではないか。

文之介はそんな気がした。

明倫先生に診てもらえばいいのに。

どうしてか、あの女医者の顔が思い浮かんできた。

「お昼からなんですよ」

すまなそうにいった。

「いや、ちがうんだ」

文之介は土間に踏みこんだ。女が大きく目をみはる。

「五反田三左衛門どのに会いたいだけだ。いるのか」

文之介は人さし指を天井に向けた。

「あなた、逃げて」

女がいきなり叫んだ。

頭上で激しい物音がした。

「逃がすか」

文之介は廊下に跳びあがり、右側にある階段を駆けあがった。すでに十手を手にしている。

うしろに勇七が続く。

二階に出た文之介は目の前の襖をからりとあけ放った。

寝巻姿の侍が腰高障子をあけ、下をのぞきこんでいる。眼下は道だろう。文之介たちが来た道ではなく、裏手に当たるほうだ。

男は刀を鞘ごと握っている。血走った目が文之介をとらえる。鼻が鷲のように高い。

乱心し、人を斬ったあとの侍を思わせる顔つきだ。

「五反田三左衛門っ」

文之介は叫んだ。

「待ちやがれ」

「そういわれて待つやつなど、一人もいやしねえ」

にやりとした三左衛門がひらりと飛んだ。文之介は部屋を横切り、下を見た。

三左衛門が地に降り立ち、間髪入れず道を走りだす。

「野郎っ」

文之介も飛んだ。意外に高く、宙にいるあいだはとても怖かった。目をつむっていた。

地に足を着いた瞬間、さして痛みはなかった。直後、足に激痛がやってきた。

折れたのではないか。

そんな恐れがあったが、足はなにごともなく動いた。文之介は三左衛門を追って、走りだした。

背後で、土を重く打つ音がした。振り返ると、勇七が飛びおりたところだった。

「大丈夫か」

文之介は気づかってきいた。

勇七が笑みをこぼす。白い歯がきらりと光を帯びた。

「へっちゃらですよ。旦那こそ大丈夫なんですかい」

「なんでもねえ」

足の痛みは続いているが、ようやく消えつつあった。

文之介はそれに力を得て、走る速さをあげた。

それなのに、勇七があっという間に追い越してゆく。

よたよたと走っている三左衛門の姿が見えた。

なんだ、ありゃ。

酒が残っているのではないか。

それならば、たやすくとらえられる。

飲んで取り潰しに遭ったように、酒にだらしない男なのだ。

酔っ払って同僚に斬りかかったときも、あっけなくつかまっている。

距離はどんどん詰まる。最初は二十間ほどもあったが、もう三間もない。あと数瞬で追いつけるだろう。

三左衛門は、大横川沿いの道を北上している。

不意に左に折れた。橋を渡ろうとしている。菊川橋《きくかわばし》だ。

短い橋のなかほどで勇七が追いつきそうになった。

三左衛門が刀を抜いて、胴に払ってきた。

「危ないっ」

文之介は叫んだ。

勇七が飛びすさり、ぎりぎりで刀をかわした。

「怪我はねえか」

「ええ、平気です」

しかし、勇七の顔色は青い。

「勇七、下がれ」

文之介は勇七に代わって前に出た。

野郎っ、勇七を殺そうとしやがって。

怒りが腹のなかで煮えたぎる。

それに、こいつは、おみちさんのせがれも殺しやがった。そして、おそらく御堂屋強右衛門も陰謀に巻きこみやがった。

「観念しやがれ」

三左衛門が薄く笑う。気味悪さが漂う。

「そういわれて観念するやつなんざ、いやしねえ」

文之介は十手を懐にしまい、長脇差をすらりと抜いた。

「おい、それ、刃引きだろう。刃引きじゃあ、怖さがねえんだよ」

三左衛門が刀を上段に構える。

「真剣での戦いは、恐怖に打ち勝って深く踏みこんだ者の勝ちだ。刃引きの長脇差相手じゃ、怖さはねえ。おめえの負けだよ」

「刃引きだろうが、顔や頭に当たれば、死ぬぜ」

「ならば、そこだけは守らせてもらう。ご忠告、ありがとよ」

いきなり三左衛門がすり足で迫ってきた。上段から刀を振るう。

文之介はうしろに下がった。だが、思った以上に刀が伸びてきて、ぴっと額を刀尖《とうせん》がかすめた。

血がつーと流れる。

なんだ、今の。

三左衛門がにやりとする。

「驚いたか。おめえもけっこうやるようだが、その程度の腕で、俺をつかまえようなんて、無理だ」

三左衛門が文之介を見つめる。

「ふん、納得してねえ顔だな。おめえ、俺が取り潰されたとき、あっけなくつかまったから、今度も同じだと思いこんでいるな。ちがうか」

三左衛門が、文之介をうかがう目つきをする。

「ちがわねえらしい。俺があっけなくつかまったのは、相手がどこぞの道場で師範代をしている男だったからだ。決して素人にとらえられたわけじゃねえ」

そうだったのか。

「それと、もう一つ教えておくが、もともと走るのは苦手なんだ。酔っているとか、酔ってねえとかは関係ねえ。そしてな、今日は酔ってねえ」

三左衛門が一歩、踏みだした。

「今回の一件では、たくさん殺したなあ。楽しかったぜ。おめえもそのうちの一人に加えてやる」

舌なめずりし、すすっと前に出てきた。上段からの斬撃だ。

文之介は長脇差でまともに受けた。背が縮んだような衝撃が体を包みこむ。

どりゃあ。

刀が横に払われる。文之介はうしろに下がるしかなかった。ぴっと黒羽織が切れた。

まいったぞ、こりゃ。

腕がちがいすぎる。

三左衛門が文之介を追おうとした。だが、その動きがぴたりととまった。目が文之介の背後を見ている。

「文之介どの、代わろう」

「里村さん」

文之介は百万の味方を得た気分だった。

「なんだ、てめえは」

不審そうに三左衛門がきく。

「おぬしを倒す男だ。里村半九郎という。覚えておけ」

「やかましい」

三左衛門が吠える。

「てめえこそ、俺さまが冥土《めいど》に送ってやる」

五

三左衛門が大上段に刀を構えた。

雪駄をうしろに蹴りだし、裸足になった半九郎はそれとは逆に、左肩を前に突きだして、下段に構えた。

こちらから仕掛けるか。

そのほうがいいような気がする。

半九郎は、そろそろと足を地に滑らせて間合を詰めた。

しかし三左衛門はぴくりとも動かない。あたかも、大地に根を張った杉の大木に見おろされているかのようだ。

頭から押さえこまれているようで、こめかみにじわりと汗が浮かんだ。

それでも半九郎は、じりじりと三左衛門に近づいてゆく。三左衛門はまだ動こうとしない。

近づくにつれ、稲妻のような三左衛門の気が半九郎の刀尖から指先にかけて、びりびりと伝わってくる。

あとわずかで間合に至る。

半九郎は喉がからからになっている。唾が粘っこく、重い。

半九郎の左足が間合に入った。三左衛門が唐突に動いた。

白刃が半九郎の頭上にひらめく。

そのときには半九郎は三左衛門の右の側面にまわりこみ、下から振りあげられた刀はうなりをあげて、三左衛門の裏小手を狙っていた。

だが、刀はむなしく虚空を切り裂いた。三左衛門が思わぬはやさでうしろに跳びすさっていた。

間髪いれず三左衛門の足が出た。剛剣が上段から斬りこんでくる。

半九郎は冷静だ。三左衛門の動きがよく見えている。

半九郎は正眼から、刀を握る三左衛門の手に向けて刀尖を突きだし、すっと横に滑らせた。

次の瞬間、三左衛門がうっ、と短く苦悶の声をあげた。

右手の親指以外の指が飛散した。刀が橋の上に転がる。手から水鉄砲のように血が噴き出てきた。

だが、それでも三左衛門の体は勢い余ってとまらない。

半九郎はすばやく刀を旋回させ、前のめりになった三左衛門の首筋に、ぴたりと刀を添えた。

「勝負ありだな」

半九郎は三左衛門に告げた。

三左衛門の顔色は青い。右手の四本の指を落とされては、二度と刀は握れない。

どのみちこの男には、刀を握る機会は二度とめぐってこない。斬罪に処されるからだ。

三左衛門がくっ、と歯噛みする。いきなり駆けだそうとした。

「痴《し》れ者が」

半九郎は、柄頭を三左衛門のぼんのくぼに打ちこんだ。

がつ、という音のあとに、げっ、と蛙のような声を発して、三左衛門が地面に倒れこんだ。

気絶したようで、身動き一つしない。手から血だけが流れ続けている。

勇七が捕縄で三左衛門をぐるぐる巻きにした。それから手ぬぐいで血どめをした。

これで一命は取り留めそうだ。だからといって、三左衛門のためになんになるというのか。

いや、少なくとも死という恐怖を与えることができる。

あっさり殺してしまっては、殺された者たちが浮かばれまい。

六

「ほんと、ものすごかったんだ」

文之介は、貫太郎《かんたろう》たちにいった。目の前のうどんをすすりあげることを忘れない。伸びてしまっては、せっかく貫太郎たちが精魂こめて打ったうどんが台なしになる。

「この里村さんは、俺がまったく相手にならなかった相手を、あっさりと倒しちまった。まったく目を疑ったぜ」

文之介のなかで、昨日の興奮はいまだに消えない。

「そんなに強いんだ、里村さんて」

貫太郎が尊敬の眼差しで見る。

「たいしたことはないさ。たいしたことがあるのは、このうどんだなあ」

半九郎が惚れ惚れという。

「こんなにうまいうどん、生まれて初めて食べたよ」

「本当」

貫太郎はうれしそうだ。うどんのことをほめられるのが、なにより一番なのである。

「今度、連れ合いも連れてこなきゃな。これほどのうどん、食べさせなきゃ、怒られちまう」

「ご内儀も、うどんが好きなの」

「目がないな」

その会話を耳に入れつつ、文之介は、そういえばお春にしばらくこのうどんを食べさせていないことを思いだした。

「よし、俺も連れてこよう」

横で勇七も同じ表情をしていた。


うどん屋を出た文之介は、半九郎や勇七と別れ、一人歩いた。

目指すは、おみちの団子屋である。

近づくにつれ、気分が重くなってゆく。

せがれのことを知らせるのをこれまで先延ばしにしていたが、もうこれ以上はさすがに無理だ。

店からはいつものように、香ばしい煙が出ていた。

夕暮れ時で、誰もが小腹を空かしているのだろう。おみちがたくさんの客を前に、一所懸命、働いていた。団子が次から次に焼かれている。煙がさらに濃くなり、日暮れ近い空に吸いこまれてゆく。

その光景を目の当たりにして、文之介の喉が詰まった。

引き返したくなった。

だが、不意に客が途切れ、おみちとまともに目が合った。

文之介は笑顔をつくった。おみちも笑う。これまでとちがい、不思議と陰のない笑いである。

「いらっしゃい、御牧の旦那」

「ああ、この煙に誘われてまた来ちまった」

「御牧の旦那なら、あたし、いつでも大歓迎ですよ」

おみちが、おやっという顔をする。

「御牧の旦那、お一人ですか。なんか元気ないですね。仕事がうまくいっていないんですか」

「仕事はまあまあかな」

「じゃあ、ご新造とうまくいっていないの」

「そっちも大丈夫だ」

「じゃあ、どうして」

「えーと、それはだな」

「とにかくうちの団子を食べて、元気をだして」

「ああ、そうさせてもらうよ」

文之介は団子を食した。こんなときでもとてもうまかった。

やはり、ここの団子は絶品なのだ。

うどんを腹一杯食べたばかりだが、文之介は団子を四本、食べた。軽く胃の腑におさまった。

「実はな、おみちさん」

「実は、御牧の旦那」

二人はほぼ同時に声を発した。

「御牧の旦那からどうぞ」

「いや、おみちさんからしゃべりな」

「いえ、でも」

背後に人が立ったのを文之介は感じた。おみちの目が動く。

「あら、もう迎えに来たの」

おみちが意外そうにいった。

「だって、暗くなると心配だからさ」

文之介は振り返った。

三十半ばと思える男がいた。おみちに顔がよく似ている。

「おめえさんは」

「あたしのせがれですよ」

「えっ」

「無事だったんですよ、御牧の旦那」

文之介はおみちを振り返った。

「じゃあ、さっきいいかけたのは、せがれのことだったのか」

「ええ、ええ、そうです」

おみちは喜びがこみあげたのか、涙ぐんでいる。

「どういうことだい」

「靖吉《やすきち》、おまえから話してあげなさい。このお方が、何度も噂した御牧の旦那だよ」

「ああ、そうなんですか。お初にお目にかかります。靖吉と申します」

文之介も名乗り返した。

「大坂から帰る途中、手前は風邪《かぜ》を引いて行き倒れ、街道沿いの百姓家にずっと世話になっていたんです。おっかさんのことが心配でひたすら道を急いだ無理がたたり、風邪をこじらせ、動けなくなってしまったんです」

「そういうことか」

「はい。世話になっている家からおっかさんに手紙をだしたんですけど、いまだに着いていないようです」

「まあ、一月は優にかかるというからな」

「ずっと高熱が続いていたんですが、ようやく下がり、こうして江戸に帰ってきたんです。おとといのことです」

「よかったなあ、おみちさん」

文之介は心の底からいった。

おみちはまだ泣いている。

「ええ、本当に」

「それでこの子、あたしを一人置いておくのは心配だから、奉公先をやめるっていってるんですよ。あたしは、せっかくこれまで奉公を続けてきたんだからもったいないっていうんですけど、おっかさんのほうが大事だからって、この子はきき分けがないんです。御牧の旦那、なんとかいってやってくださいよ」

「そうか、江戸暮らしを選ぶのか」

「生まれ育った町が、手前には合っています」

「団子屋になるのか」

「ええ、そのつもりです。でも、おっかさんのような雇われではなく、自分で店をやりたいですね」

「おっかさんの団子を越えるのはむずかしいぞ。それもまた、でっかい目標でいいと思うけどな」

「一所懸命やりますよ」

靖吉が瞳を輝かせていう。

文之介は靖吉の肩を叩いた。

「うん、がんばれ」

「がんばります」

決意を感じさせる顔で靖吉がうなずいた。

あの、とおみちが声をかけてきた。

「御牧の旦那のお話というのはなんですか」

「ああ、それはもう済んだ」

「えっ、もう済んだのですか」

「うん」

罪もなく命を奪われた八人は気の毒でならないが、おみちに明るい笑顔が戻ったことが、文之介は心の底からうれしかった。

二〇〇九年一二月　徳間文庫

光文社文庫

長編時代小説
浪《ろう》人《にん》半《はん》九《く》郎《ろう》　父子《おやこ》十手《じって》捕物《とりもの》日記《にっき》
著者　鈴《すず》木《き》英《えい》治《じ》

2022年9月20日　初版1刷発行

発行者　鈴木広和
印刷　堀内印刷
製本　榎本製本

発行所　株式会社　光文社
〒112-8011　東京都文京区音羽1-16-6
電話（03）5395-8149　編集部
8116　書籍販売部
8125　業務部

ISBN978-4-334-79427-9　Printed in Japan

組版　萩原印刷